HELDEN IM DRITTEN REICH

ANGELO DA SILVA

Can Verlag

In Erinnerung an jeden Widerstand

Verlag:

Can Verlag

www.can-verlag.de

Copyright © Can- Verlag

ISBN 978-3-9811942-1-0

Herstellung:

BoD - Books on Demand, Norderstedt

Gegenwart

Es ist so unendlich viel passiert, von dem ich lange Zeit gedacht habe, ich könnte diesen Schmerz niemals vergessen. Eine mich erdrückende Last, als ob ich von einem Eisberg ummantelt sei. All das Unrecht, das Leid und die Zerstörung. Sie haben sich in meine Seele eingebrannt wie eine unfreiwillige Tätowierung. Wie all jene Millionen von Tätowierungen, die Menschen aufgezwungen wurden, um Menschen zu katalogisieren und dann zu vernichten, weil sie eine abweichende Religionszugehörigkeit besessen hatten, die nicht dem Wunsch der politischen Mehrheit entsprach.

Ich habe nun diese ersten Zeilen der Gegenwart geschrieben und finde immer noch nicht die richtigen Worte, um niederzuschreiben, was mich bewegt.

Es wird mich immer berühren, das steht außer Zweifel. Ich will aber nichts verarbeiten. Einige Worte sollten besser nicht ausgesprochen werden. Einige schon, aber man findet nicht die richtigen. Es scheint mir, dass dies die Aufgabe von Schriftstellern ist. Aber ich erfinde keinen Roman, ich will berichten über das, was geschehen ist. Über gute Menschen in einer Zeit, in der die Menschlichkeit wie ausgestorben schien. Ich will berichten über das Dritte Reich und ihren wahren Helden. Diejenigen, über die nicht gesprochen wird. Diejenigen, für die es niemals ein Denkmal geben wird.

Wir schreiben mittlerweile das Jahr 2009 nach Christus und langsam, aber allmählich sterben die letzten, die sich überhaupt noch erinnern können.

Ich versichere Ihnen, dass keiner von Ihnen sich erinnern will und gern auf diese Erinnerungen verzichtet hätte. Ich versichere Ihnen, dass keiner von Ihnen in dieser Zeit und auf diese Art gern ein Held ist. Ich und meinesgleichen haben nur das getan, was zu tun ist, in einer unmenschlichen Zeit: den letzten Funken der Menschlichkeit bewahren und das zu geben, was wir für uns gewünscht hätten, wenn wir die Verfolgten gewesen wären. Ich versichere Ihnen, dass keiner von uns freiwillig ein Held ist. Gern darauf verzichtet hätten, Gutes zu tun, aber es ging um Menschenleben. Es ging und geht uns nicht um Anerkennung, wir konnten nicht anders. Anders als ein Mensch unter Bestien zu sein. Wenn ich diese Gelegenheit nicht wahrnehme, dann erinnert man sich auch nicht an das Gute, das damals in unserem Vaterland trotz alledem existierte. Ich weiß, dass alles relativ ist, auch das Ausmaß an Menschlichkeit, aber ich kann mit guten Gewissen sagen, dass gute Menschen diejenigen sind, die anderen aus freien Stücken helfen, ohne eine Gegenleistung zu erwarten. Es gab damals "gute" Deutsche. Wir waren keine Nation, die nur aus Bestien bestand. Und es scheint so, als sei die Schuld an Unrecht zwangsläufig zu vererben. Dieses Thema ist so unglaublich sensibel, und man kann es nicht ansprechen, ohne sich Feinde zu machen, doch hiervor habe ich nicht die geringste Angst.

Ich für meinen Teil habe mein Land damals wie heute geliebt. Ich konnte mir mein Schicksal nicht aussuchen, wie jeder andere auch. Manchmal habe ich in den Jahren nach dem Krieg und während des Krieges die Gefallenen beneidet. Dann wieder habe ich mir gedacht, dass der Tod auf dem Schlachtfeld nichts Beneidenswertes ist. Ich habe es niemals verarbeitet und niemals darüber gesprochen. Manchmal wache ich - obwohl mittlerweile Jahrzehnte vergangen sind - immer noch nachts auf, weil sich die Gesichter der Toten nicht aus meinen Alpträumen löschen lassen.

Ich kann sie alle sehen. Freunde, scheinbare Feinde. Blut. Körperteile. Fetzen. Ausdruckslose Gesichter, dann wieder blankes und pures, erstarrtes Entsetzen. Im Eis, im Schnee oder im Dreck, fern der Heimat.

Alles brennt lichterloh. Absterbende Schreie, die nur langsam im Rauch vergehen und verhallen. Männer, die nach ihren Müttern schreien. Gräber ohne Grabsteine. Letzte Wünsche, deren Boten selbst ihren letzten Weg ein letztes Mal beschreiten. Schon bald tot sind. Ruinen und Rauchschwaden. Tote, überall tote Soldaten und Flammen. Töten, um nicht getötet zu werden.

Nein, der Tod ist nichts Beneidenswertes. Ebensowenig wie das Leben danach. Wonach? Das Leben nach dem Leiden, nach dem Krieg.

Wenn ich Kinder mit Waffen sehe, die Krieg spielen, denke ich mir nur, das scheint der traurigste Teil der Natur des Menschen zu sein.

In all den Jahren sind viele Helden aus dem Nichts entwachsen, auf beiden Seiten. Aber wann ist ein Held ein Held oder eine Heldin eine Heldin?

Als kleines Kind dachte ich, dass ein Held eine silberne Rüstung trägt und jeden Befehl seines Königs aufopferungsvoll und bedingungslos befolgt und eines Tages eine Prinzessin aus ihrem Turm befreit. Dies ist natürlich nur eine naive und romantische Vorstellung eines fünf Jahre alten Kindes. Als alter Mann sage ich, ich wünschte, es würde keine Notwendigkeit für Helden bestehen.

Ich weiß nicht, ob ich einer war. Und im Grunde wird dies eine quälende Frage sein, auf die es niemals eine Antwort geben wird. Alles, was ich weiß ist: Was damals passiert ist, soll niemals vergessen werden. Magda. Ich möchte nicht, dass das, was ich als für zutiefst für gut befinde, vergessen wird. Und dass es unzählige Deutsche in jenen Jahren gab, die ihr Leben riskiert haben, ohne etwas dafür zu wollen. Juden jahrelang versteckt und versorgt oder zur Flucht verholfen haben. Sich mit Ihnen öffentlich solidarisiert haben, selbst wenn sie dafür getötet werden konnten. Wahren Mut und aufrichtige Entschlossenheit bewiesen haben. Und in den Jahren danach in eine Schublade gesteckt wurden, in die sie weiß Gott nicht gehören. In die Schublade der "schlechten Deutschen". Ich habe bemerkt, dass die Assoziation Deutsch die des Dritten Reiches automatisch hervorruft. Diese undifferenzierte Betrachtung ist mehr als unangemessen, angesichts derjenigen, die als Nicht-Verfolgte ihr Leben nicht nur riskiert, sondern wirklich verloren haben.

Dieser Bericht meiner Lebensabschnitte soll keine Bewertungs-grundlage sein, ob ich gut oder schlecht, ein Held oder nicht war. Es soll nur erinnern, dass Gutes niemals ausstirbt. Es mag zwar sein, dass an Orten, an denen viel Licht ist auch umso mehr Schatten herrscht. Aber auch in der finstersten Zeit gibt es immer einen Funken Licht. In dieser Relativität des Dritten Reiches wurde jeder kleine Funke so strahlend hell wie eine Sonne selbst.

Ich bin jetzt ein alter Mann und lebe die Tage vor mich hin. Einer unter vielen. Habe noch wenige gute Freunde. Meine Familie sehe ich, wenn sie Zeit für mich hat. Das ist sehr selten, weil sie nicht einmal Zeit für sich selbst hat. Ich sehe sie nur an Weihnachten, Ostern und dann einmal im Sommer. Es scheint mir, dass sie vielmehr ihr Gewissen plagt. Aber das braucht es wirklich nicht, was ich auch schon einige Male gesagt habe. Für mein hohes Alter von 97 Jahren bin ich relativ vital und bekomme immer wieder Komplimente hierfür.

Auf Gehhilfen bin ich glücklicherweise nicht angewiesen. Kann noch recht gut schwimmen und bewältige kürzere Strecken der neuen Sportart "Nordic-Walking".

Eine meiner Vorlieben ist das Durchforsten von Zeitungen und das Eintauchen in Bücherwelten. Leider muss ich zugeben, ein wenig neurotisch zu sein, weil ich im Fernsehen aus Prinzip keine Nachrichten gucke. Jede Form von Gewalt ablehne. Wenn Sie meine Geschichte gelesen haben oder selbst Teilnehmer des Krieges waren, wissen Sie warum.

Der Herbst ist meine liebste Jahreszeit. Der Geruch ist unseren Landen einzigartig und Sie finden ihn nirgends sonst. Mein Interesse und meine Affinität gelten Zierfischen. Stets versuche ich, mein Wissen über sie zu erweitern.

Sie sehen, ich führe in der Gegenwart ein Leben, das für ein Buch keine drei Seiten bietet. Ich danke Gott aufrichtig dafür, wann immer sich die Gelegenheit bietet. Ich danke Gott dafür, dass meine Desillusionierung aus der Zeit danach, dass irgendetwas auf dieser Welt jemals wieder "gut" sein könnte, verschwunden ist. Ich bin glücklich, dass ich nach all den Ereignissen noch überhaupt lieben und ein neues Leben aufbauen konnte.

Die alles überschattenden Erinnerungen der Zeit davor und der Zeit währenddessen sind niemals verschwunden. Meinen Kindern und meiner verstorbenen Frau habe ich von dieser Zeit niemals erzählt. Allenfalls nur von den Dingen, über die jeder redet. Ich bin so stur gewesen, dass man mich sogar verdächtigte, ich sei Parteimitglied gewesen; worüber ich lächeln musste.

Ich schweife ab. Das macht wohl das Alter. Es ist langsam an der Zeit, mit dem anzufangen, was ich bisher nur angedeutet habe.

Mein Leben.

1925

Mein Name ist Friedrich Goßner und ich wurde 1910 in Hamburg geboren. Ich wurde nach Barbarossa benannt. Mein Vater ist nach dem ersten Weltkrieg, in dem er als Offizier gedient hat, nach Hannover gezogen.

Ich bin dort in einer gut situierten Anwaltsfamilie aufgewachsen. Zu einer Zeit, in der ich nicht einmal wusste, was Nationalsozialisten sind. Ich hatte eine jüngere und eine ältere Schwester. Wir sind alle "auf einmal gekommen", wie meine Mutter zu sagen pflegte. Sie meinte natürlich, dass die Abstände der Geburtsjahre, in denen wir das Licht der Welt erblickten, jeweils nur ein Jahr betrugen.

Meine ältere Schwester hieß Marlene und die jüngere Rita. Obwohl Rita die jüngste von uns allen war, hat sie immer versucht, die Rolle einer großen Schwester zu übernehmen, was ihr fast immer gelang. Beide haben mich als ihren kleineren Bruder immer beschützt und als Nesthäkchen gehegt und gepflegt. In meinen Kinderjahren hat sich alles nur um mich gedreht. Jedenfalls hatte ich das Gefühl, dass es so war. Dem Aberglauben entsprechend war ich meiner Mutter wie aus dem Gesicht geschnitten und meine beiden Schwestern kamen ganz nach unserem Vater. Meine beiden Schwestern hätte man für Zwillinge halten können, wenn sie nicht zwei Jahre Altersunterschied gehabt hätten. Beide hatten -so wie mein Vater- hellblondes, leicht gewelltes, hüftlanges Haar. Wobei ich die Wellen bei meinen Vater nur erahnen konnte, da er seine Haare kurz trug. Ich werde die beiden später noch detaillierter beschreiben. Meine Mutter Ilse war hin und wieder im Büro meines Vaters als Rechtsanwaltsgehilfin tätig. Die meiste Zeit war sie bei uns zu Hause. Sie war das, was man heutzutage unter einer klassischen Hausfrau versteht. Bei Herd und Kindern, um ihrem Ehegatten den Rücken freizuhalten. Was damals nichts Besonderes und damit nicht der Rede wert war. Ihre Rolle als Ehefrau hat sich über all die Jahre durch ihre freiwillig übernommene Aufgabe bemerkbar gemacht. Gegen meinen Vater gab es keine Widerworte und sie trug immer dazu bei, dass das auch für alle anderen galt. Während seiner Abwesenheit übernahm sie die Regentschaft im Haus, was ich im Nachhinein als liebevolle Härte bezeichnen würde. Andere Worte, die das beschreiben können, gibt es nicht. Beide waren auf ihre Art und Weise autoritär: Meine Mutter auf die soeben beschriebene Weise, mein Vater verwechselte das Familienleben jedoch mit dem Militär. Im Ergebnis hatte meine Mutter auf mich den größeren Einfluss. Jedesmal, wenn ich mich gegen mein Vater widersetzte, hörte ich erst auf, Widerstand zu leisten, wenn meine Mutter das Machtwort übernahm. Ich denke, dies war dadurch bedingt, dass sie den ganzen Tag die Erziehung übernahm. Meine Schwestern waren beide nicht gerade Personen, die unbedingt ihren Willen durchsetzen mussten. Beide gaben schnell nach.

Mein Vater konnte von dem allen nicht allzu viel mitbekommen, da er die meiste Zeit in seiner Kanzlei war und sehr viel arbeitete. Dieser Beruf machte ihm unglaublich viel Spaß, was auf unsere Kosten ging, wie ich bereits andeutete. Wir bekamen ihn nur zu den Essenszeiten und abends zu Gesicht. In den Abendstunden legte er viel wert auf ein familiäres Beisammensein. Meine Erinnerungen an diese Kindheitstage sind mit viel Wärme und Geborgenheit durchwoben. Aber mit zunehmenden Alter nahm diese Wärme ab, und die scheinbar goldene Umrahmung um diese Vergangenheit verblasst mit jedem neuen Lebensjahr, mit dem die Stärke meines Willens zunahm.

Im Nachhinein kommt es mir vor, als wollte er sein schlechtes Gewissen darüber, dass er tagsüber nicht bei uns war, wieder gut machen. Er war ein überaus engagierter und brillanter Jurist und machte jeden Fall zu seinem eigenen. Das brachte ihm schnell einen guten Ruf und viel Geld ein. Er war groß, blond, kräftig und hatte klare blaue Augen. Was für ihn später ein Vorteil darstellen sollte, weil dieses Erscheinungsbild in das Weltbild der Nazis passte. Er war unglaublich intelligent und großzügig. Es kam nicht selten vor, dass er auf sein Anwaltshonorar verzichtete, weil er aus seinem Idealismus, den ich als, zu dem Zeitpunkt, unverfälscht und gut bezeichnen möchte, nur der Gerechtigkeit zu ihrem ihr gebührenden Stand verhelfen wollte. Dennoch verstand er es nicht, seine väterliche Liebe zu zeigen. Er bezeichnete sich selbst als einen der alten Schule. Gemeint war damit die Zeit des Kaisers Willhelms II. Diesem Vorbild entsprechend hatte er auch einen Schnurrbart und eine Nasenbrille, was Ende des 19. und Anfang des 20. Jahrhunderts als modern galt. Es hatte ihm nur noch eine Soldatenuniform anstelle seines Anzuges gefehlt. Natürlich hatte er noch seine Uniform aus dem ersten Weltkrieg. Er hatte in einer Reiterkavallerie gedient. Zudem war er Mitglied in einem Offiziersverein des Alten Reiches und aus seinen Studienzeiten verbleibend war er auch Mitglied einer studentischen, schlagenden Verbindung. Durch und durch konservativ für die zwanziger Jahre in Hannover.

Die "Schmach von Versailles" hatte er damals nicht überwunden und würde er noch leben, so hätte er sie noch heute nicht verarbeitet. Ich kann ihn noch immer hören:

"Wir haben den Krieg nicht verloren! Die Sozialdemokraten sind schuld!" oder: "Wenn ich den Oberbefehl gehabt hätte, dann wäre der Krieg anders ausgegangen." Eine weitere, sich immer wiederholende Floskel war: "Goldenere Zeiten wird Deutschland niemals mehr erleben!". Er hatte dieses Reich über alles geliebt. Dies wurde durch die Vereinigung des Reiches durch Bismarck ermöglicht. Nach unseren heutigen Vorstellungen über die Macht- und Politikverhältnisse war die damalige Stellung durchaus mit der heutigen Stellung der USA vergleichbar: eine Weltmacht in wirtschaftlicher und militärischer Hinsicht. Immerhin lebten zu Zeiten Kaiser Wilhelms II. keine Deutsche mehr, die einen verlorenen Krieg kannten. Oder anders ausgedrückt, es lebten nur Deutsche, die einen gewonnenen Krieg gegen Frankreich in Erinnerung hatten. Deutschland war das letzte Land in Europa, das einen Krieg, und namentlich gemeint Elsaß Lothringen, gewonnen hatte. Bismarck, der seinerseits durch geschickte Außenpolitik diese Vormachtstellung über Jahrzehnte in Europa sicherte, gewann an Ansehen in der Bevölkerung. Das Deutsche Reich stieg zu einer gefestigten, wirtschaftlich starken und friedlichen Nation auf. Lange Dekaden des Friedens und des Wohlstandes folgten. Europa erlebte nur Konflikte zwischen Frankreich und England, die sich den afrikanischen Kontinent wie einen Kuchen aufteilten. Russland war mit sich selbst beschäftigt und versuchte, das wirtschaftliche Entwicklungsdefizit aufzuholen. Wobei sich die Zaren nicht um ihr Volk kümmerten. Damals waren die USA für uns das, was Kanada heute für uns ist. Es war da und es war gewaltig, jedoch ohne tiefere außenpolitische Bedeutung.

All diese Verhältnisse, "Deutschlands alte Größe", wurde mit dem Ende des Ersten Weltkrieges und den Vertrag von Versailles jäh vernichtet. Deutschland wurde auseinandergenommen. Tranchiert wie eine Weihnachtsgans.

Territorien wurden aufgeteilt, Reparaturen mussten gezahlt werden, Deutschland bekam die Kriegsschuld. In psychologischer Hinsicht wurde aber eine ganze Nation mit einem Gefühl konfrontiert, was absolut in Vergessenheit geraten war und ganze Generationen nicht kannten: Verlieren. Umso tiefer war die Schmach der Niederlage, verbunden mit dem jahrelangen Hochmut, der vor diesem Fall gekommen war. Nichts blieb von der alten Herrlichkeit über, rein gar nichts. Mein Vater trauerte dem so sehr hinterher, dass meine Schwestern und ich die Augen verdrehten und verstohlen hinter vorgehaltener Hand kicherten, wenn er wieder einmal zum tausendsten Mal seine Patriotismus-Nostalgie auspackte und wieder davon erzählte. Wohingegen meine Mutter diese Begeisterung nicht nur teilte, sondern unterstützte. Wenn es nicht meine immer noch geliebte Mutter gewesen wäre, würde ich jetzt "schürte" schreiben. Aber irgendwann reicht es einem. Fast jedem, bis auf meine Eltern. Sie waren beide unersättlich von ihren Erinnerungen. Aus ihrer Perspektive tat sie alles für ihn, aus meiner heutigen Perspektive würde ich sagen, sie tat zu viel für ihn.

Es begann mit der Aufgabe ihres Berufes, aufgrund des eben beschriebenen Weltbildes. Damals war es "normal". Das ist der Wandel der Zeit, den ich mittlerweile zum Glück betonen muss. Ich habe bemerkt, dass in unserer heutigen Zeit die deutsche Gesellschaft

10

sich selbst so hinnimmt, als sei alles schon immer so gewesen. Das ist nicht der Fall! Bis in die sechziger Jahre hinein war vorehelicher Geschlechtsverkehr sogar strafbar. Dieses Familienbild ist erst seit einer Generation Geschichte. Die liebevolle Hausfrau, die sich um alles und jeden kümmert. Diese und ihre Tätigkeit als Hausfrau wurde von unserer Haushaltsgehilfin Magdalena unterstützt. Sie war Jüdin. Ich kann mich noch immer lebhaft an sie erinnern. So wie sie auch war, lebhaft, bevor alles passierte. Um sie dreht sich alles.

Sie war bildhübsch und lächelte immerzu. Und manchmal einfach nur so, wenn ich ihren Namen gerufen habe. Sie war schlank, schon fast zierlich, recht klein und hatte lange braune Haare, die sie immer hochsteckte. Dunkle Augen, die leuchteten. Ein schmales Gesicht. Sie trug stets ein schwarzes Kleid mit einer weißen Schürze und einer weißen Haube, wodurch ihre Eigenschaft als Haushaltsgehilfin unübersehbar wurde. Sie wohnte bei uns kostenlos. Mein Vater gab ihr in unserem zweigeschössigen Haus, welches im Jugendstil erbaut worden war, ein kleines Zimmer unterm Dach. Sie richtete es schlicht und einfach ein. Ein Zimmer, durch das eine Dachschräge ging, worunter sich ihr Bett befand. Ein Schreibtisch direkt am Fenster, ein Schrank für ihre Kleider und ein Kommode.

Also sollte sie - und das hat sie stets getan - für uns leckeres Essen kochen und alles sauberhalten. Während meine Mutter uns erziehen wollte. Magdalena war aber irgendwann zu einem Teil unserer Familie geworden und so kam es dazu, dass sie uns drei auch erzog. Eigentlich erzog sie uns nicht. Sie war ein herzensguter Mensch. Kinder können so etwas spüren. Ich hielt mich immer am liebsten in ihrer Nähe auf. Ich half ihr beim Betten ausschütteln oder schnitt mit ihr die Mohrrüben klein, und stellte unentwegt Fragen, so oft ich konnte. Und nur Magda allein kannte auf jede einzelne von ihnen eine Antwort.

Für mich war sie immer "Magda", so sollten wir sie auch rufen. Das hatte den Hintergrund, dass ihr Vater ihren Namen in voller Länge gerufen hatte, wenn er wütend auf sie war oder mit ihr schimpfen wollte. Sie kam aus ärmlichen, ländlichen Verhältnissen. Eine weiterführende Schulbildung hatte sie nicht genossen. Wo genau sie herkam, wusste damals als Kind nicht. Ich wusste nur, dass sie ihre Familie endgültig im Streit verlassen und niemals darüber geredet hat. Bei uns fand sie Obdach, Arbeit und eine Art Ersatzfamilie.

Ich muss nur meine Augen schließen, und ich kann sie sehen. Ich sehe Magda, wie sie vor unserer Küchenleiste steht und Essen zubereitet, gütig lächelnd, mit ihrem fragenden Blick, in meine Richtung sehend, nachdem ich ihren Namen gerufen hatte. Und in ihrer unnachahmlichen Art und Weise: einfach einzigartig wunderschön. An den Wochenenden hatte sie immer frei. In jener Zeit tolerierten wir ihre Religion, weswegen mein Vater sie auch an Samstagen niemals arbeiten ließ. Magda hatte aber keine tieferen Ambitionen, ihre Religion auszuleben. In dieser Zeit hätte das wohl niemand erwähnt. Immerhin lebten wir in Hannover, einer protestantischen Gegend. Ihre jüdische Religionszugehörigkeit und dessen tiefere Bedeutung habe ich erst viel später erfahren. Aber das werde ich an entsprechender Stelle näher beschreiben. Sie hatte uns alle drei in ihr Herz geschlossen, es war eine Art von Gefangenschaft, aus der niemand entfliehen wollte. Im Sommer verbrachten wir viel Zeit in den Parkanlagen Hannovers und waren gelegentlich im Zoo. Sie war solange bei uns, bis sie sich selbst eines Tages verliebt hatte und ihre Zeit mit uns an den Wochenenden nur noch an den späten Abenden verbrachte. Sie hatte einen neuen Freund, der Albert hieß.

Das brach mir als kleiner Junge das Herz, weil ich insgeheim beschlossen hatte, sie eines Tages zu heiraten. Die Hauptrolle in ihrem Leben wollte ich allein bekommen. Aber dieser Herzensbruch wurde ebenso schnell verarbeitet, wie er gekommen war. Heute kann ich genauso darüber lächeln wie Magda damals. Ihr sechster Sinn, ihre Intuition und ihre Sensibilität waren unglaublich. Sie verstand sehr schnell, was in mir vorging und fand es niedlich von mir. Ich denke, es war wohl eine Art Kompliment. Es war ein kurze Frage der Zeit, bis sie mir mit ihrer gütigen Art meinen ersten Liebesschmerz wegzauberte.

Sie kam in mein Zimmer, nachdem sie meine Abwesenheit bemerkt hatte. Fragte mich, was mit mir los gewesen sei. Ich habe nichts gesagt und wie eine beleidigte Leberwurst aus dem Fenster ins Leere gesehen. Ich beschwerte mich über ihr Fehlen und dass nur Albert daran Schuld sei. Anschließend schimpfte ich über ihn, wie es nur ein Junge in meinem Alter konnte. Als mir über ihn nichts mehr eingefallen war, beklagte ich mich, wie blöd und langweilig der ganze Nachmittag sei. Natürlich auch letztlich darüber, und das fiel mir am schwersten, dass sie nicht bei mir war.

Magda begriff es sofort. Lächelnd sagte sie, sich mir vorsichtig nähernd: "Nun ja, ich kann deinen Ärger und deine Wut verstehen. Wirklich. Ich wünschte mir auch den heutigen Tag über, lieber hier bei dir gewesen zu sein."

"Wirklich?", fragte ich,"das sagst du nur so", fügte ich nach einen kurzen Pause hinzu.

"Ja, wirklich. Weißt du, aber ich wollte meine Zeit mit jemandem verbringen, der in meinem Alter ist. Ich bin fest davon überzeugt, dass du, wenn du groß bist, bestimmt so etwas Ähnliches fühlen wirst. Du darfst auf keinen Fall glauben, dass ich dich halb so gern habe, nur weil jemand Neues da ist. Ich habe dich genauso gern wie schon immer“, woraufhin sie einfach nur in meine Augen sah und so lange lächelte bis ich nicht anders konnte, als ihr Lächeln zu erwidern.

Sie hat es verstanden, jede Trauer einfach so wegzuzaubern. Mit ihrer unendlichen Güte.

Ich sehe sie direkt vor mir stehen.

Aus meiner anfänglichen Eifersucht wurde schnell Begeisterung, als Magda mich mit zu Albert nahm und wir zu dritt den ganzen Tag Brettspiele spielten. Ich kam zu dem Schluss, dass er gar nicht so übel war. Genauso schnell bekamen beide auch meinen Segen. Natürlich teilte ich das beim Abschied Albert mit und beide lachten einfach nur. Aber es war kein böses Lachen, sondern nur das über die Gedanken eines kleinen Jungen, über seine Kindheitsliebe. Sie fanden es süß. In einer für ein Kind nicht zu verstehenden Ironie bedankten sich beide für den Segen.

Es ist schon seltsam, später sollte sie es sein, die meinen ersten Liebeskummer auf ihre Weise aus der Welt zaubert. Sie hatte maßgeblichen Anteil und einen großen Beitrag daran, mich zu demjenigen zu machen, der ich geworden bin. Bei meinen Eltern war es immer ein Befehl und eine Direktive von oben herab. Bei Magda war es ein neugieriges und freiwilliges Folgen. Ihre Menschlichkeit und ihr Mitgefühl wurden schnell ein Teil von mir. Glauben Sie mir, es war die schönste Zeit meines Lebens. Vielleicht weil damals alles so unbetrübt war, aber vielleicht auch, weil diejenigen, die das Leid des Krieges erlitten haben, niemals mehr die Leichtigkeit in dieser reinen Form erleben konnten. Für einen Tag meiner Kindheit, was würde ich nicht dafür geben. So leicht glücklich werden zu können, ohne die nachfolgenden Jahre erlebt zu haben und natürlich mit Magda.

Ich muss Ihnen nicht sagen, dass Magda für mich immer etwas ganz Besonderes war, ist und immer sein wird. Das war auch der Grund, weshalb ich meine erste Tochter nach ihr benannt habe.

Während meines ganzen Widerstandes wusste ich immer, ich tue es für sie. Entgegen der Interpretation meines Vaters, die besagte, ich handele aus einem Ödipuskomplex heraus.

Nein, ich wollte das Unrecht, das ihr zugefügt wurde, wieder gutmachen und den Schmerz ihres Verlustes durch meine Taten kompensieren. Ich wollte, dass das, was Magda angetan wurde, niemals wieder passiert.

Irgendwie muss ich im Nachhinein sagen, habe ich als Kind gespürt, dass meine Zeit mit Magda begrenzt und endlich war. Es war eine Ahnung, ein Gefühl, das ich aber nicht wirklich begriffen habe. Umso wertvoller wurde die Zeit mit ihr, umso wertvoller sind die Erinnerungen an sie, die wertvollsten von allen. Natürlich ist jede Zweisamkeit begrenzt. Aber wir tun alle so, als ob das, was wir lieben und das, was uns wichtig ist, niemals endet. Unser Wunsch entspricht aber niemals der Realität. Manchmal, ganz selten, spürt man das Ende vor seinem Eintritt, bis es wirklich vorbei ist. So war es bei mir und Magda, eine Ahnung, die ich nicht in Worte fassen konnte.

Ihre Güte zeichnete sich auch dadurch aus, dass sie immer ihren eigenen Willen ablegte, so dass ihr Gegenüber nichts durchzusetzen brauchte. Eine echte Dame, die ihr Wort hielt. Eigentlich musste sie nichts versprechen, weil das von ihr gesprochene Wort immer gehalten wurde, wodurch ein einfaches Wort von Magda den Stellenwert hatte, das bei anderen Menschen ein echtes Versprechen erfordert.

Niemand musste bei ihr etwas aushandeln oder abmachen. Es war nicht so, dass sie unterwürfig war oder übertrieben nachgiebig. Ganz im Gegenteil, sie war ausgesprochen selbstbewusst und sich zugleich ihrer selbst bewusst. Nein, es war ihr ganz eigener Stil. Irgendwie ironisch, dass ausgerechnet sie im Haushalt meines Vaters arbeitete.

1925 - 1929

Die Jahre 1925 - 1929 waren Jahre der wirtschaftlichen und moralischen Erholung. Wobei die moralische Erholung nicht zu einer moralischen Genesung führte. Im Gegensatz zur Wirtschaft, diese florierte. Was kaum einer weiß, ist dass Deutschland in diesen Jahren nicht nur Vorkriegsniveau in wirtschaftlicher Hinsicht erreichte, sondern seine wirtschaftliche Stärke im Vergleich zu 1913 im Jahre 1928 sogar verdoppelt hatte. Es ging uns allen wirklich gut. Das Fehlen der alten Größe wurde durch den neuen Zeitgeist der Zwanziger erfüllt. Fast jede Woche kam es zu einer neuen technologischen Entwicklung. Zusätzlich hatte die amerikanische Kultur von heute auf morgen bei uns Fuß gefasst. Amerikanische Zigaretten und Musik waren etwas Besonderes, mehr als nur modern. Sie wurden damals als bessere Produkte betrachtet. Jeder, der glaubte, etwas auf sich halten, bevorzugte Produkte, die über dem Atlantik herkamen.

Ich bin froh und glücklich, dass ich in diesen Jahren den letzten Teil meiner Jugend erleben durfte. Die Zeiten waren damals anders. Wie ich jetzt als alter Mann finde, waren das die besten Jahre meines Lebens.

Wenn ich unsere Jugend von heute richtig verstanden habe, waren wir im Vergleich zu heute spießig und verklemmt. Eine Beziehung mit siebzehn wurde zu meiner Zeit allenfalls durch eine Heirat begründet.

Es war aber keineswegs so, dass wir nicht wussten, was Spaß ist. Es war nur weitaus distanzierter. Aber es machte ein Verliebtsein nicht unmöglich. Meine erste große Liebe erlebte ich mit achtzehn. Was für heutige Verhältnisse als Spätzünder gewertet werden würde. Mag auch so sein, aber wenn ich mir die Jahre 1943 bis 1949 vor Augen halte, war "Liebe" ein Luxus. All die Zerstörung des Krieges und seine Folgen haben für viele diese Erfahrung nur vernichtet. Ich habe Erzählungen gehört. Von Frauen, die vergeblich jahrelang auf die Wiederkehr ihres Mannes warteten. Von jungen Männern, die als HJ-Soldaten im Volksturm in Kriegsgefangenschaft geraten sind, und ihre erste wirkliche Liebe erst im Alter von 31 erfahren haben. In den Jahren der Gefangenschaft, als dieses Wort nur eine leblose Hülle war.

Was kann ich Ihnen noch über diese Zeit erzählen? Der Nationalsozialismus war für mich kein Thema. Er war nicht relevant. Ich hörte den Namen Hitler nur einmal, und das auch nur fast beiläufig. Es war 1929, als mein Vater vom Hitler- Ludendorff- Putsch sprach, wie sollte es auch anders sein. Es war wieder einmal beim Essen und wieder einmal verdrehten meine Schwestern und ich die Augen. Er sprach von Mut und Vaterlandsliebe. Dann lächelten wir gezwungen, was meinem Vater vor Begeisterung nicht auffiel. Wir haben dann zur Uhr gesehen, und jeder spekulierte innerlich, wie lange dieser Monolog wohl noch dauern würde.

In jenen Zeiten war dies der einzige Dorn in unserem Leben: Die pathetischen und politischen Ausschweifungen des Familienherrn. In diesen Jahren bäumte sich in mir das erste Mal ein innerer Widerstand gegen meinen Vater auf, den ich aber aus Respekt noch nicht äußerte.

Es ging uns recht gut. In der Winterjahreszeit sind wir häufig in den Harz zum Skifahren gefahren. 1927 haben wir sogar eine Woche in der Toskana verbracht, wobei allein die Hin- und Rückreise eine Woche für sich in Anspruch genommen hat.

Ich bin davon überzeugt, dass diese Jahre auch für Magda die glücklichsten gewesen sind. Ohne es zynisch zu meinen, ist dies angesichts der Geschichte und den folgenden Jahren keine Kunst gewesen. Sie arbeitete, musste sich um ihren Lebensunterhalt keine Gedanken machen und die Wochenenden verbrachte sie mit Albert. Als Kind war ich manchmal überzeugt, dass Engel wie sie sein müssten. Natürlich ist dies eine naive Vorstellung gewesen.

Was hat Magda für mich ausgemacht? Was war ihr Wesen? Nun ja, sie war einzigartig, wie es im Grunde jeder Mensch ist. Aber ihre besondere Art hat sich für mich dadurch bemerkbar gemacht, dass sie eine engelsgleiche Güte hatte. Natürlich können nur Propheten sagen, wie Engel sind. Ich bin natürlich keine biblische Gestalt, aber irgendwann habe ich mir als Kind ernsthaft Gedanken darüber gemacht, ob sie vom Himmel geschickt wurde. Es war ihr Umgang mit den Dingen, insbesondere mit ihren Mitmenschen und sogar mit Tieren. Ich kann mich noch lebhaft daran erinnern, dass meine ältere

Schwester Rita in unserem Haus eine große Spinne gefunden hatte und sofort entsetzt zu unserer Mutter lief. Ihre Aufregung verbreitete sich in unserem Haus so schnell wie ein Lauffeuer. Alle ließen alles stehen und liegen und suchten sofort die Quelle von Ritas Angst. Wir waren alle besorgt und fragten uns, was wohl passiert sein könnte. Nachdem Rita uns ängstlich geschildert hatte, dass sich in ihrem Zimmer eine große Spinne eingenistet hätte, sagte ich lächelnd kurzerhand, dass ich mich darum kümmern würde. Ich fragte Rita, wo sich die Spinne aufhielte, wartete auf die Antwort und lief dann in ihr Zimmer.

Magda, die dieses Geschehen mitbekommen hatte, lief mir schweigend hinterher. In Ritas Zimmer konnte ich die Spinne schnell ausmachen, näherte mich ihr und zog ganz langsam meinen Schuh aus, um die letzte Stunde der Spinne schlagen zu lassen. Als ich meinen Arm erhob, um mit voller Wucht dem Leben der Spinne ein Ende zu bereiten, spürte ich Magdas Handgriff an meinem Handgelenk. Sie sagte: "Nicht."

Ich fragte sie "Warum? Ist doch nur eine Spinne."

"Aber sie lebt und das ist das einzige, was sie will. Leben. Sie hat Rita nicht geschadet und würde das auch niemals tun."

"Übertreibst du nicht ein wenig", fragte ich leicht amüsiert.

"Vielleicht, aber vielleicht auch nicht. Vielleicht übertreibst du sogar. Wir werden ohnehin keine Antwort bekommen."

"Und jetzt? Was machen wir mit ihr? Mit der Spinne wird Rita uns niemals Ruhe geben."

Magda lächelte und nahm einen nahe stehenden Becher, den sie über die Spinne legte. Dann suchte sie ein Blatt Papier, welches sie schnell in Ritas Zimmer fand und schob es sanft unter den Becher. Dann hob sie den Becher mit dem Blatt Papier sorgfältig auf und ging nach draußen. Meine Schwestern bemerkten ohne weitere Erklärungen, was Magda vorhatte als sie an ihnen vorbeiging. Angeekelt und angewidert von der Spinne machten sie ihr wortlos Platz.

Magda setzte die Spinne etwas außerhalb von unserem Haus an einem Baum aus.

Als sie wieder zurückgekommen war, legte sich der Aufruhr wieder schnell. Nur nicht in mir.

"Wieso sollte ich denn übertreiben?", fragte ich Magda. "Es ist doch nur eine Spinne".

"Für dich ist es nur eine Spinne, für mich ist es ein lebendes Wesen. Jeder kann sein Leben nehmen, aber könntest du es wiedergeben? Ein Todesurteil, nur dafür dass es leben will. Würdest du wollen, dass man so mit dir und über dich verhandelt und urteilt?"

Ich antwortete mit einem nachdenklichen Lächeln: "Nein, ich würde es nicht wollen."

So war Magda, und dies ist nur eine von vielen Erinnerungen. Es war, als ob in ihr eine engelsgleiche Stimme ständig etwas sagte, ohne Worte aussprechen zu müssen. Ein innerer Schein, der auf uns strahlte. Ich wollte auch so gütig sein wie, ohne von ihr jemals überredet werden zu müssen. Meinen Schwestern ging es nicht anders.

Das Essen, das wir nicht mehr brauchten oder wegwerfen wollten, brachte sie zu den ärmeren Familien. Sie nahm häufig abends eine Wegstrecke von einer Stunde zu Fuß in Kauf, um das Essen zu den Leuten zu bringen.

20

Als mein Vater das erfuhr, war er dagegen, weil er nicht wollte, dass sich das herumspricht. Er wollte nicht, dass die Menschen vor dem Haus auf Mahlzeiten warteten. Also erklärte sich Magda bereit, dieses Essen zu den Leuten zu bringen, falls etwas übrigblieb.

Als ich sie einmal dabei an einem Herbstabend begleitete, fragte ich sie, warum sie das tat. Ihre Antwort war: "Damit du etwas zu fragen hast."

Wir lachten beide. Es war eine schöne Zeit, die mich sehr geprägt hat. Ich habe damals mein Gefühl für "gut und böse" entwickelt. Eines stand für mich diskussionslos fest: Magda war für mich jemand Gutes. Bis zum heutigen Tag die Beste.

Es war schon dunkel. Es lag ein würziger Geruch in der Luft aus spätem Herbst und jungem Winter, und unser einziger Begleiter war das Geräusch unserer gleichmäßigen Schritte.

1930

Wenn ich mir die Frage stelle, wann alles wirklich anfing, so finde ich keine klare Antwort. Fing es mit dem Vertrag von Versailles an? Oder damit verbunden schon viel früher mit Kaiser Wilhelm II.? Möglicherweise aber auch erst mit der Weltwirtschaftskrise oder doch mit dem Wahlausgang vom 31.7.1932 oder der Ernennung Hitlers zum Reichskanzler am 30.1.1933.

Die Machtverhältnisse im Parlament spiegeln den Willen des Volkes wider und der Wille des Volkes war zerrüttet. Es herrschte politische Orientierungslosigkeit in Deutschland. 1930 war das Jahr, in dem Brüning keinen parlamentarischen Rückhalt mehr fand. Dies leitete den unwiderruflichen Untergang der großen Koalition am 27.3.1930 ein. Die Demokratie war tot. Eine parlamentarische Mehrheit konnte wegen der tiefen Gräben zwischen den Parteien nicht mehr gebildet werden. Dieser Zustand schürte Angst in der Bevölkerung. Angst ist bekanntlich ein schlechter Ratgeber. Es war diese Angst, die Hitler bei den Wahlen am 14.9.1930 zum Sieger kürte. Über sechs Millionen Wahlberechtigte stimmten für die NSDAP.

Statt 12 Abgeordneter konnte Hitler nun 107 Mandate für sich beanspruchen. Jetzt waren die Nationalsozialisten keine politische und unbeachtliche Minderheit mehr.

Mein Vater, der von der Politik manchmal besessen schien, verfolgte das natürlich mit allergrößter Neugier. Wobei ich heute sagen sollte, er verfolgte es gierig. Er setzte sich mit allen Parteien auseinander.

Hannover war damals weitgehend in sozialdemokratischer Hand, was die Vaterlandsliebe meines Vaters nicht schmälerte. Er war nationalbewusst und konservativ, also war er Mitglied der DVP. Er wählte diese Partei und konnte sich mit ihr mehr als nur identifizieren. Mich ließ das alles relativ kalt.

Dennoch machte sich schleichend ein Wandel in meinem Vater bemerkbar. Heutzutage scheint die Welt so schlecht, dass jeder Wandel scheinbar nur zu etwas Besserem führen kann. Wandel bedeutet immer Veränderung. Damals hatte Wandel eine andere Bedeutung.

Mein Vater bekundete meiner Mutter gegenüber immer häufiger seine Sympathie gegenüber Hitler. Hitler traf den Nerv meines Vaters durch die Schmach von Versailles. Der Verlust des ersten Weltkrieges und die Wut der Deutschen. Ebenfalls traf er bei meinem Vater auf Wohlwollen, dass Hitler mehr als jede andere Partei die Kriegsfolgen und ihre Verluste ansprach und am radikalsten von allen rückgängig machen wollte. Natürlich wollte das die DVP auch, aber bei Hitler war alles emotionaler und hatte nicht einmal eine Scheinlogik inne.

Die meisten der DVP-Wähler, wählten diese, um konservativ und nationalbewusst zu wählen. So wie heutzutage viele Wähler eine Partei wählen, weil sie diese Partei schon seit Jahrzehnten wählen. Ich weiß, dass es keine Logik in sich birgt, und schlichweg nur irrational ist, aber so war es damals und so ist es leider Gottes auch heute. Hitler aber traf nicht nur den Nerv meines Vaters, sondern den vieler Deutschen.

Der Wandel meines Vaters machte sich dadurch bemerkbar, dass er kaum etwas hinterfragte, was Hitler sagte. Kurz, er war zwar politisch der DVP zuzuordnen, aber seine wahre Sympathie galt den Nationalsozialisten.

Dies machte sich bei uns im Haus zunehmend und schleichend dadurch wahrnehmbar, dass er gegenüber Magda etwas unfreundlicher wurde, dies wurde von gelegentlicher Respektlosigkeit und durch zynische Bemerkungen begleitet. Wir dachten uns damals nichts Besonderes, und fragten uns höchstens, was für eine Laus ihm wohl über die Leber gelaufen sein konnte. Er war ohnehin nicht sonderlich freundlich Magda gegenüber. Wir zogen es damals nicht ernsthaft in Erwägung, dass er Antisemit war oder antisemitische Tendenzen hatte. Ich wusste damals nicht einmal, was das war.

Ich frage mich bis heute, auf welchen Argumenten und Fakten der Antisemitismus basiert. Die Antwort ist auf meine mittlerweile sieben Dekaden alten Frage ganz einfach: Auf keinen. Es gibt keine

Argumente oder Fakten, die eine Abneigung gegenüber jüdischer Religionszuhörigkeit auch nur im Entferntesten begründen können. Es ist nur blanker Hass, die Suche nach einem Sündenbock. Dieser Hass ist für sich allein schon schlimm und untragbar genug, schlimmer wird es aber, wenn der Staat Scheinargumente an Religionszugehörigkeiten knüpft. Dies geschieht heute noch. Als Beispiel fallen mir Überwachungsgesetze gegenüber Moslems nach dem 11. September 2001 ein. Ursache war Angst vor einen Terroranschlag auf einem anderen Kontinent. Bis hierher ist es einigermaßen verständlich. Aber es ist ein Irrglaube anzunehmen, dass alle Moslems, die sich im Bundesgebiet aufhalten, Terroristen sind. Wäre die Annahme richtig, dass im Islam radikale Tendenzen enthalten sind, dann helfe uns Gott: Gingen wir davon aus, dass dies zutreffend wäre, so lebten auf unserer Erde 1, 3 Milliarden potenzielle Terroristen.

Was natürlich Schwachsinn ist. Der Islam ist eine friedliebende Religion. Was ich damit sagen will: Staatliches Handeln und Denken darf niemals an eine Religionszugehörigkeit geknüpft sein. Das gebietet uns das Grundgesetz. Dies ist zum Glück größtenteils mittlerweile der Fall, wenn man von einigen Pannen absieht. Ich wünsche mir, dass die Moslems in diesem Land wieder so behandelt werden, wie vor dem 11. September. Ich hoffe, dass diese Krise dann als Möglichkeit begriffen wird, dass die Leute auf einander zu gehen. Moslems haben seitdem auch Angst.

Ich frage mich wie wohl wir Christen reagieren würden, wenn wir nur auf Grund unserer Religion als Sündenbock eines Weltkrieges deklariert würden, oder nur auf Grund unserer Religion staatlich als mögliche Terroristen betrachtet würden. Wir wären davon wohl nicht sonderlich amüsiert oder begeistert.

Diese Argumente standen mir damals nicht parat und ich musste einen langen Leidensweg hinter mich bringen, um diese Argumentationsstruktur aufzeigen zu können.

1931

Die rechte Opposition war beachtlich, aber in parlamentarischer Hinsicht uneins. Am 11. 10. 1931 schlossen sich die DNVP und die NSDSAP bei einer Tagung in Bad Harzburg zur "Harzburger Front" zusammen. Diese Neuformierung weitete den Einfluss der Nationalsozialisten im Parlament aus. Sie verstanden es, diese neu gewonnene Macht für ihre Zwecke zu benutzen. Während die anderen Parteien mit sich selbst beschäftigt waren und um ihr Überleben kämpften oder sich in parteiinternen Streitigkeiten festfuhren, kümmerten sich die Nazis um den weiteren Ausbau ihrer Macht. Die Geschichte würde zeigen, dass dies ihnen gelingen sollte.

Für diejenigen, die es nicht wissen, Bad Harzburg ist eine kleine verschlafene Stadt am Nordharz, die man als Hannoveraner kennt. Sie liegt von uns ca. 130 Kilometer entfernt. Der Lokalpatriotismus meines Vaters ließ ihn seine politische Neugier und Aufmerksamkeit in diesen Tagen auf Bad Harzburg richten. Die Folgen waren ganz einfach, um nicht zu sagen: primitiv. Seine Begeisterung für die NSDAP nahm schwer nachvollziehbare Züge an. Er zeigte das erste Mal deutliche Züge von Rassenwahn. Seine zynischen Bemerkungen gegenüber Magda kulminierten in einer Lohnkürzung sie.

Das war für meine Schwestern und mich überhaupt nicht verständlich. Wir fragten, was die Ursache sei. Seine Antwort war, dass wir sparen müssten. Es war eine erbärmliche Lüge.

Diese Lohnkürzung und die Lüge uns gegenüber war die Sprache der Nazis, die er deutlich sprach.

Als ich mit Magda darüber sprechen wollte, reagierte sie, wie sollte es anders sein, wie ein Engel. Ihre Antwort war: "Das Leben geht weiter, ich will dabei nicht unglücklich sein."

1932

Der Untergang der Weimarer Republik war vorprogrammiert. Es ist eine Ironie des Schicksals, dass verfassungsrechtliche Schwächen derart weitreichende Folgen haben. Die Demokratie hat Selbstmord begangen und dies geschah mit tosendem Applaus und Beifall.

Ich sollte an dieser Stelle hervorheben, dass die NSDAP in absoluten Zahlen niemals eine echte Mehrheit hatte. Ihr bestes Wahlergebnis betrug in diesem Jahr lediglich 36,8%. Sie haben richtig gelesen, Nationalsozialisten hatten in diesem Land niemals und zu keinem Zeitpunkt einen höheren Prozentsatz als 36,8% Prozent erreicht. Dies zeigt, wie schwach die Weimarer Reichsverfassung wirklich war.

Bei dem ersten Wahlgang zur Reichspräsidentenwahl am 13.3.1932 erhielt die NSDAP 30,1% der Wählerstimmen. Die große Koalition aus SPD, DDP, DVP, BVP, Zentrum und von Hindenburg erhalten 49,6%. Die KPD um Thälmann erzielte 13,2%.

Da eine Mehrheit nicht erreicht werden konnte, kam es zum zweiten Wahlgang am 10.4.1932. Bei diesem erzielte die große Koalition 53%, die NSDAP erhält 36,8% und die KPD 10,2% aller Stimmen.

Am 10.4.1932 wurde Reichspräsident von Hindenburg im zweiten Wahlgang wiedergewählt und Reichskanzler Brüning musste am 30.5.1932 zurücktreten. Die große Koalition war uneins. Sie konnten keine klare gemeinsame politische Linie finden, so dass zwei Kabinette versagten. Die Kabinette von Papen (1.6.1932 - 2.12.1932) und Schleicher (3.12.1932 - 28.1.1933) waren von so kurzer Lebensdauer, dass sie kaum Erwähnung in unseren eigenen Erinnerungen finden.

Die Demokratie starb einen langsamen Tod und in mehreren Etappen, und scheinbar starb mit ihr die Menschlichkeit. Aber nur scheinbar.

Es waren damals nicht nur in politischer Hinsicht turbulente Monate. Die Luft war geladen und scheinbar wie elektrisiert. Es war, als ob jeden Augenblick ein biblisches Gewitter ausbrechen konnte. Es war in ganz Hannover zu spüren.

Der innere Prozess meines Vaters und seine Wandlung setzte sich in diesem Jahr fort. Er war von der anti-jüdischen Propaganda regelrecht begeistert. Hitler lieferte ihm alle Argumente, für die sein Verstand zu schwach schien. Nur waren es keine echten Argumente. Es war nur der Hass gegenüber denjenigen, die sich nicht zur Wehr setzten. Es kam zu dem Augenblick, zu dem es kommen musste, vor dem ich Angst hatte, aber den ich mir auch herbeigewünscht hatte, um endlich all meiner angestauten Wut freien Lauf zu lassen. Es war bei einem Abendessen im November. Wieder einmal regte er sich über Juden auf und schob ihnen alle Schuld der Welt ihre Schuhe. Es war ihm mittlerweile egal, ob Magda anwesend war. An jenem Abend brachte er das Fass zum Überlaufen, das war der Augenblick, in dem mir der Kragen platzte.

Wir waren mit dem Essen fast fertig, Magda wollte das Geschirr abräumen. Als sie anfangen wollte, fragte mein Vater sie in seiner überheblichen Art: "Na, willst du das Essen wieder an die Ärmsten verschenken oder verkaufst du es ihnen? Ihr Juden habt doch nur Geld im Sinn."

Magda sagte nichts, sie machte einfach nur weiter.

"Juden sind keine Rasse", antwortete ich anstelle von Magda.

"Was?", fragte er amüsiert.

"Juden sind keine Rasse. Das Judentum ist eine eigenständige Religion; und um genau zu sein, die älteste von allen monotheistischen Religionen."

"Was verstehst du davon?", fragte er ein weniger ernst. Seine Miene versteinerte sich.

"Jede Menge. Ganz streng genommen, sind alle Christen Juden."

"Was?"

"Ja, ganz streng genommen und historisch betrachtet, sind alle Christen Juden."

"Und wie kommst du darauf?"

"Jesus war Jude."

"Das weiß ich, aber deswegen sind nicht alle Christen gleich Juden."

"Nein. Das ist eine historische Entwicklung gewesen. Nicht nur Jesus war Jude, sondern auch seine Jünger."

"Und, das bringt deine These nicht weiter."

"Doch, sehr sogar. Die ersten Christen waren alle Juden. Sie wurden sogar von den Juden als Juden akzeptiert. Es ist so: Die Juden glauben daran, dass ein Prophet noch kommen wird."

Mein Vater sagte nichts, er ließ mich weiter reden.

"Die ersten Christen glaubten, dass dieser letzte Prophet Jesus Christus sei. Es ist vergleichbar mit den Mormonen. Sie sind als Christen akzeptiert und anerkannt, bilden aber innerhalb der christlichen Gemeinschaft eine eigenständige Glaubensrichtung.

Bei den ersten Christen war es sehr ähnlich. Sie bildeten innerhalb der jüdischen Glaubensgemeinschaft eine eigenständige Gemeinschaft, die im Kern aber als jüdisch angesehen wurde."

"Was hat dann diese Christen-Juden zu Christen gemacht?", fragte er fast lachend. Ich spürte, dass er mich nicht ganz ernst nahm.

"Die Juden haben die ersten Christen aus der jüdischen Zusammengehörigkeit ausgestoßen, weil die ersten Christen irgendwann auf das Beschneidungsritual verzichtet haben. Wenn du dir die Rituale der orthodoxen Christen ansiehst, mit den Kerzen und den schwarzen Kleidern, sind sie der jüdischen Religion gar nicht so unähnlich. Die Christen breiteten sich dann ohne die jüdische Religion aus und spalteten sich im Laufe der Jahrhunderte in drei große christliche Konfessionen auf: die evangelische, die katholische und die orthodoxen Christen. Es gibt nur einen Gott, und der ist für alle da. Die Zahl der Gemeinsamkeiten der Religionen ist größer, als die Zahl der Unterschiede. Letztlich beten alle Christen, Juden und Moslems zum gleichen Gott. Ich verstehe die Religion als eine Art Sprache, zu der man zu Gott sprechen kann, und keine der Sprachen ist besser oder schlechter als eine andere. Hass ist nicht die Sprache

Gottes. Genauso wie die Religionszugehörigkeit als Jude, Christ oder Moslem einen Menschen mehr oder weniger wert erscheinen lässt. Es ist nicht wichtig in welcher Sprache man zu Gott spricht, nur dass man spricht. Über allem steht letztlich Menschlichkeit".

"Oh, mein Sohn ist also ein Theologe geworden. Sprich diese Worte bloß nicht in der Öffentlichkeit aus."

"Stimmt, es ist die Wahrheit und das ist bei den Nazis nicht gefragt."

Mein Vater lachte nicht mehr, er war immerhin Akademiker und ließ gute Argumente zu, aber dieses Mal war es für mich das letzte Mal. Wir dachten uns alle, schlimmer kann es mit ihm nicht werden. Wir dachten alle, wir hätten unseren Tiefpunkt erreicht. Aber wir täuschten uns. Er sah das überhaupt nicht so, er teilte meinen Standpunkt nicht. Er antwortete mit keiner Silbe. Er wollte nicht anders denken. Ich wusste, selbst wenn ich noch tausend andere Argumente finden würde, so würde er in seinem neuen Rassenwahn allerhöchstens das Argument gelten lassen, dass Magda "weniger jüdisch" sei. Es ist und war ein dunkles Kapitel unserer Familiengeschichte. Es war und es ist ein dunkles Kapitel unserer deutschen Geschichte, aber das war nicht immer so. Es gibt auch noch ein wenig Licht in unserer Geschichte. Deutschland galt als Land der Dichter und Denker. Toleranz galt in unseren Landen lange vor Hitler im Zeitalter der Renaissance als eine Tugend und das ist zum größten Teil heute nicht anders. Ich denke an Lessings "Nathan der Weise" oder an Kant´s Kategorischen Imperativ: "Handele stets so, dass jede einzelne deiner Handlungen ein allgemeingültiges Gesetz für alle darstellen kann". Wer will schon gern gehasst werden. Ein weiterer Imperativ Kants war: "Sapere Aude!" Habe den Mut, dich deines eigenen Verstandes zu bedienen. In dieser Zeit schien aber all der Mut verloren, sich seines eigenen Verstandes zu bedienen, selbst wenn man dafür seine Seele verkauft und den letzten Rest seiner Menschlichkeit verliert.

Damals geschah alles schleichend. Als ich in Hannover lebte konnte ich es nicht wirklich wahrnehmen. Dieser Prozess war ein neuer Prozess und bis heute passierte das, was damals in der Weimarer Verfassung nur einmal geschah. Ich war ein wenig zu idealistisch. Ich glaubte an die Demokratie, ich glaubte an die Weimarer Reichsverfassung. Ich redetete mir ein, dass in einem demokratischen Staat keinem anderen Menschen ohne Konsequenzen Leid zugefügt werden kann.

Ich sollte eines Besseren belehrt werden. Die Demokratie ist im idealistischen Sinn etwas Wunderbares, wenn man sie entsprechend idealistisch gebraucht. Aber Demokratie allein muss nichts Gutes bedeuten: Was nützt einem die Demokratie, wenn die Menschen, die uns regieren, dumm sind?

Was nützt einem die Demokratie, wenn die Menschen, die wählen sollen, nicht klüger sind?

Was nützt einem eine Demokratie, die Minderheiten bewusst und gezielt ausgrenzt und benachteiligt?

In diesen drei Fällen ist die Demokratie wertlos und überflüssig. Eines dürfen wir niemals vergessen. Die Legitimation Hitlers zum Reichskanzler geschah demokratisch.

Damals hat vielen der Mut gefehlt.

Vielen, aber zum Glück nicht allen. Mir fällt gerade auf, dass ich mir selbst fast widersprochen hätte. Aber diese Zeit ist eine Zeit der Widersprüche gewesen. Man kann nichts sagen, ohne sich gleichzeitig zu belasten. Selbst wenn man etwas sagt, ist man sofort auf Rechtfertigungen angewiesen. Soll ich mich rechtfertigen? Soll ich mich entschuldigen? Egal, was ich jetzt noch sage, es ist ohnehin zu spät, weil ich schon sehr viel gesagt habe. Die Wiedergabe der Geschichte ist ohne die Darstellung der Widersprüche nicht möglich. Dies ist der Zeitgeist aus unserer Vergangenheit, der sich bis in unsere heutigen Tage erstreckt. Es war eine politische Macht, die niemals eine absolute Mehrheit erhielt. Es fehlte vielen der Mut, denjenigen, denen der Mut nicht fehlte, wurde schnell die Freiheit genommen. Die Menschen bedienten sich nicht ihres eigenen Verstandes, weil ihnen das Denken abgenommen wurde. Die Tiefen unserer Seele kennen keinen Erbarmen, wenn wir Angst haben und unsere einzige Motivation der Hass ist. Ja, ich gestehe mir selbst ein, dass auch ich gehasst habe, aus tiefstem Herzen. Ich selbst habe mir so oft gewünscht, nicht hassen zu wollen. Mein Hass galt denjenigen, die selbst nichts anderes als Hass kannten. Aber hat mich das zu einem besseren Menschen gemacht?

Ich weiß es nicht, ich weiß nur, dass der Allmächtige hierüber ein besserer Richter sein wird.

Ich denke aber, dass wir uns selbst gegenüber bessere Richter geworden sind, weil wir die staatliche Verfolgung von religiösen Minderheiten als etwas Schlechtes empfinden und uns dahingehend alle einig sind, dass dies nie wieder passieren darf.

1933

Das Jahr 1933 kann durch vier wichtige Elemente gekennzeichnet werden: Politik, Unterdrückung, Friedenspropaganda und Wirtschaft.

Die folgenreichste Komponente war die Politik. Am 30.1.1933 wird Hitler zum Reichskanzler ernannt. Hitler und die NSDAP feiern sich selbst. Den 30.1.1933 nannten sie den "Tag der Machtergreifung". Es war eine Frage der Zeit, bis diese neue Macht in den Händen der Nationalsozialisten gebraucht werden sollte und deren Antwort ließ auf sich nicht lange warten. In der Nacht vom 27. zum 28. Februar 1933 wurde in Berlin der Reichstag in Brand gesteckt. Es blieb bis heute ungeklärt, wer das Feuer verursacht hat. Diejenigen, die die Macht hatten, beschuldigten ihre politischen Gegner. Nur das hatte wirklich erdrückendes Gewicht. In den nächsten Tagen erfolgte eine Verhaftungswelle gegen Sozialdemokraten und Kommunisten. Sie wurden alle ins Gefängnis gesperrt.

Um der scheinbaren Bedrohung entgegenzuwirken - Hitler sprach von einer "kommunistischen Verschwörung" - wurden 40.000 Anhänger der politischen Opposition verhaftet. Am 28.2.1933 erlässt das Regime eine Notverordnung "zum Schutze von Volk und Staat", dies hat zur Folge, dass zahlreiche Grundrechte von den jeweils Betroffenen außer Kraft gesetzt werden. Durch dieses Gesetz wurde den Nationalsozialisten ermöglicht, jeden politischen Gegner ohne richterliche Verfügung und beliebig lange in Haft zu halten.

Bei den Reichstagswahlen am 5.3.1933 erzielten die NSDAP 43,8% und die DNVP 8% der abgegebenen Stimmen. Obwohl die parlamentarische Mehrheit erreicht wurde, hat dies den Nationalsozialisten nicht gereicht, um die Verfassung ihrer menschenverachtenden Gesinnung entsprechend zu ändern. Hierfür war eine Zweidrittelmehrheit im Parlament erforderlich. Die Nationalsozialisten wollten und konnten ihren Machthunger nicht stillen. Sie mussten und wollten einen Weg finden, um die Verfassung zu umgehen. Auch das sollte ihnen gelingen.

Am 23.3.1933 wird das Ermächtigungsgesetz mit Hilfe der Opposition erlassen. Die gesetzgebende Gewalt entmachtet faktisch sich selbst. Die Regierung und damit die Exekutive erhält diese Befugnis. Mit anderen Worten, im Ergebnis sind Exekutive und Legislative zusammengefallen. Heute ist das verfassungsrechtlich undenkbar.

Hitler nutzte diese in Deutschland grenzenlose Macht, um seine politischen Gegner legitim auszuschalten. Am 2. Mai 1933 werden alle Gewerkschaften aufgelöst. Im Juni 1933 wird die SPD verboten und andere Parteien lösen sich selbst auf. Ein weiteres Gesetz verbietet zudem die Neubildung von Parteien. Hitler ist nun an seinem politischen Ziel angelangt. Im Parlament gibt es keine politischen Gegner mehr. Es war das Parlament, das den Willen des Volkes spiegeln sollte. Selbstredend wurde dies mit jedem Tag gefeiert, an dem die Nationalsozialisten an der Macht waren. Die Demokratie existierte nicht mehr. Dies wurde in Deutschland gefeiert. Der letzte Atemzug der Demokratie. "So stirbt also die Demokratie, in lautem Jubel."

In wirtschaftlicher Hinsicht begannen 1933 die ersten staatlichen Arbeitsbeschaffungsmaßnahmen. Der Bevölkerung wurden einfache Tätigkeiten zum Beispiel im Straßenbau ermöglicht und Bauern wurden in Verbänden organisiert. Eine Organisation der Bauern maximierte die Effizienz ihrer Leistungsfähigkeit. Das innenpolitische Verhalten der NSDAP weckte außenpolitisch Sorgen und machte einigen Staaten und auch vielen Deutschen Angst. Deswegen wurde eine Friedenspropaganda der Nationalsozialisten in Gang gesetzt. Die Regierung schloss zudem mit dem heiligen Stuhl im Rom ein Konkordat.

Ich weiß nicht, ob ich diesen Satz mit "glücklicherweise" einleiten kann. Viele Juden verließen das Land. Sie ließen alles zurück, ihr Hab und Gut, ihr Land und ihr Leben. Es kam zu einer ersten fluchtähnlichen Auswanderungswelle von Juden in die Nachbarstaaten, vor allem nach Frankreich, in die Schweiz, die Niederlande und in die neue Welt. Angesichts dessen, wozu die Nationalsozialisten noch in der Lage sein sollten, war dies die einzige vernünftige Entscheidung. Sie haben ihr Leben damit gerettet. Oft habe ich mir gewünscht, dass Magda auch mit ihnen gegangen wäre.

1933 war zweifelsohne das Jahr in dem die Unterdrückung begann. Durch sogenannte Schutzhaft werden weitere tatsächliche und potenzielle politische Gegner der nationalsozialistischen Herrschaft "ausgeschaltet". Ein möglicher politischer Widerstand wurde im Parlament Schritt für Schritt aufgelöst. Aber die Parteien hatten zahlreiche Mitglieder. Diese hätten eine politische Bedrohung innerhalb der Bevölkerung darstellen können. Deswegen wurde im Laufe dieses Jahres der letzte Funken von anderen politischen Meinungen im Keim erstickt.

Als ob das für sich allein nicht reichen würde, organisierte die NSDAP im April 1933 reichsweit einen Boykott jüdischer Geschäfte und im Emsland wurden die ersten drei Konzentrationslager errichtet.

Ohnmächtig

Ich erinnere mich an diese Zeit nur mit einem Wort: Ohnmacht. Wobei dies nur ein Wort ist, das bei Weitem nicht beschreibt, was ich alles wirklich gefühlt habe. Präzise und zu schwach zugleich. Präzise, weil es kein anderes Wort existiert, das sich diesem Gesamtzustand zutreffender beschreiben könnte und zu schwach, weil die wörtliche Bedeutung nicht ansatzweise die tatsächliche Tragweite in emotionaler Hinsicht erfasst.

Die meisten sind davon ausgegangen, dass dieses neue System unfehlbar und perfekt war. Wir wurden in den neuen "Olymp der Herrenrasse" emporgehoben. Nach Zeiten der Schwäche, der Niederlagen war dies ein willkommenes Versprechen, das die meisten glauben wollten, die zu dieser selbsternannten Elite gehören sollten. Die Bereitschaft sogar dann zu glauben, wenn man im tiefsten Kern wusste, dass dies nur eine Lügenwelt sein könnte. Heutzutage weiß man es, aber damals waren die Dinge nicht klar. Unterschätzen Sie nicht die Macht, die süße Lügen ausüben können. Lügen wurden ohne Argumente zu Zweifeln degradiert, in dem man scheinbare Wahrheiten so laut in die Welt geschrien hat, dass niemand mehr etwas anderes gehört hat, als die Stimme der Lügen. Nicht einmal die eigene innere Stimme.

Im Grunde, war es niemals anders. Jeder glaubt das, was er am Liebsten glaubt. Je mehr man zu verlieren hat, desto größer die Schwäche, Stärke zu finden. Stärke, sich seines eigenen Verstandes zu bedienen. Es wurde uns niemals etwas vorgemacht. Lebensraum im Osten, die Überzeugung, die Krone der Schöpfung zu sein, die Verführung etwas Besseres zu verdienen. Zum Siegen bestimmt und nicht ein Verlierer des Versailler Vertrages zu sein.

Ohnmacht, wieso gab es Ohnmacht?

Es waren damals mehr, als man heute glaubt. Viele, die stumm geschrien haben. Deswegen hat man sie nicht gehört. Diejenigen, die man gehört hat, stießen auf taube Ohren. Und die wenigen, die sie gehört haben, haben sie zum Verstummen gebracht. In Arbeits- und Konzentrationslagern. In strafrechtlichen Verfahren und sozialer Isolation. Es war nur eine Frage der Zeit, bis die Ohnmacht von mangelndem Mut erbarmungslos ertränkt wurde.

Wobei ich an dieser Stelle auch hervorheben muss, dass dies eine differenzierte Betrachtung voraussetzt. Das Deutsche Reich hatte damals keinen so hohen Grad der Urbanisierung. Die ländliche Bevölkerung war viel stärker ausgeprägt. Die Zahl der Dörfer war viel größer und die Einwohnerzahlen der Städte viel geringer. Deutschland war damals im Vergleich zu heute eher ein Agrar- als eine Industriestaat. Wenn viele sagen "wir haben nichts gewusst", so kann man dieser Aussage in Bezug auf die ländliche Bevölkerung in großem Maße Glauben schenken. Die ländliche Bevölkerung hatte damals keinen Bildungsstand, der mit dem heutigen vergleichbar ist. Die Zahl der Regimegegner war in den Agrarregionen mangels Bildung und Bequemlichkeit gering. Wir dürfen nicht vergessen, dass staatliche Sanktionen gegen Regierungsgegner nicht erst im Dritten Reich erfunden wurden. Sobald es eine Regierung gibt, erscheinen früher oder später Gegner des Staates, die von diesem bekämpft wurden. Es war schon immer so und es hat sich bis heute grundsätzlich nicht geändert.

Die Leute auf dem Land hatten damals ganz andere Sorgen. So banal das klingen mag, ihre Sorgen beschränkten sich auf den Ertrag der Ernte oder ob ihre Milchkühe auch gesund sind. Solange ihre wirtschaftliche Existenz gesichert war, war für sie die Welt in Ordnung. Das war ihr Leben, alles andere war dann nicht mehr so wichtig. Wenn Nachrichten aus der Welt von außen kamen, dann nur noch von den Nationalsozialisten. Die Medienlandschaft und die Möglichkeiten auf Medien zuzugreifen waren mit heute nicht vergleichbar. Es gab nur Radio, Kino und Zeitungen. Diese drei Medien wurden von der Regierung reguliert. Solange die Existenzversorgung gesichert war und man zur selbsternannten Herrenrasse gehörte, gab es keinen Anlass für diese ländliche Bevölkerung, die mehr als 50% ausmachte, sich seines eigenen Verstandes zu bedienen. Heute erscheint uns das zu Recht unverständlich, aber es sind zwei Welten. Ich verstehe es selbst bis heute nicht. Aber irgendwann machte ich mir klar, dass diese Menschen keine Magda hatten. Sie hatten in der Mehrzahl keine Berührungspunkte mit Juden. Auch die mangelnde Ausbildung der ländlichen Bevölkerung hat dazu erheblich beigertragen. Sowohl der Mut als auch der Verstand sich dessen zu bedienen wurde nur bis zur Grundschule oder höchstens zur mittleren Reife ausgebildet. Das alles erklärt vieles, aber entschuldigt nichts. Diese breite Masse, die niemals von etwas wirklich wusste oder irgendetwas mitbekommen haben soll, sind keine Helden, aber auch keine Bestien. Sie waren nur blind und zu leichtgläubig. Zu leicht zu verführen.

Ich stehe im absoluten Zwiespalt zu dieser Bevölkerungsschicht. Ich bin zerrissen. Einerseits denke ich das eben Beschriebene, aber andererseits haben genau diese Menschen das Regime politisch legitimiert. Sie waren eine breite politische Macht, die ihre Stimme für die Nazis abgegeben und diesem Regime zur Macht verholfen haben.

Und wenn ich mir in Erinnerung rufe, was Millionen von Menschen jüdischer Religionszugehörigkeit angetan wurde, so weckt die in mir aufkochende Wut nur Verständnislosigkeit. Und keine Erklärung scheint mir ausreichend. Aber dann wieder denke ich, dass nicht alle so waren und durch diese Verallgemeinerung wieder vielen Unrecht getan wird. Durch Unrecht kann man kein Unrecht ausgleichen. Niemals. Ich finde Trost in dem Gedanken, dass ich sagen kann, dass nicht alle Menschen das geglaubt haben und nach dem gelebt haben, was die Nationalsozialisten propagiert haben. Aber andererseits auch nichts gesagt haben. Dies war meine Ohnmacht. Wenn viele das Gegenteil vom Regime gedacht hätten, was das Regime von sich selbst behauptet hat, so fehlte der Mut. Es war damit einfacher, gar nichts zu denken oder gar nichts zu sagen.

Eine Opposition, die in irgendeiner Weise gegen das Regime war, wurde schnell und systematisch von den Nationalsozialisten oder durch sich selbst ausgelöscht. Selbst wenn man es sich gewünscht hätte gegen die Regierung zu handeln, so bestanden einfach keine tatsächlichen Möglichkeiten.

Selbst wenn man es gewollt hätte, so war dies ab einem gewissen Zeitpunkt nicht mehr möglich.

Darin liegt die Ironie, die dieses Land letzten Endes zerstört hat. Gewissermaßen haben all diese Menschen schon dafür bezahlt, und nicht wenige mit ihrem Leben. Millionen haben alles verloren: Land, Heimat und Arbeit. Vertrieben, verfolgt und viele Jahre verflucht und gehasst.

Mir fällt gerade auf, dass es an Unmöglichkeit grenzt, hier eine tröstende Erklärung zu finden. Aus der Perspektive der Juden und aus der Perspektive derjenigen, die später ein Leid anderer Art erfahren mussten.

Letzten Endes kann keine Erklärung dieser Welt etwas ungeschehen machen. Und das soll es auch nicht. Ich habe für mich meinen inneren Frieden dadurch gefunden, dass jede der beiden Seiten die Kraft und die Stärke für sich findet, einen neuen Anfang zu suchen und zu finden. Vielleicht sogar irgendwann zu vergeben.

Das Unrecht, das den Juden zugefügt wurde, darf niemals vergessen werden. Das ist der erste Schritt. Es wäre schön, wenn der zweite Schritt darin gesehen werden kann, dass nicht jeder im Dritten Reich lebende Deutsche eine Bestie war, in der sie bis heute in Erinnerung gehalten und assoziiert wird. Es gab zu viele von diesen Bestien, aber es waren nicht alle so.

Und es gab sie doch, diejenigen unter den Deutschen, die anders waren, die ihre Stimme erhoben haben, sich gewehrt und Juden verteidigt haben, und nicht wenige von Ihnen haben einen kleinen Krieg begonnen, weil sie sich dieser Ohnmacht nicht hingeben wollten. Stille Helden auf ihre Art und Weise in Zeiten größter Unmenschlichkeit, die sich ihren Funken Menschlichkeit bewahrt haben.

Mein Vater wurde ein immer glühenderer Anhänger Hitlers. Manchmal, so schien es, hatte Hitler das Denken meines Vaters übernommen. Das, was sich bereits in den Monaten zuvor angekündigt hatte, wurde bittere Realität. Für Magda wurde es eine unausweichliche. Die Nationalsozialisten hatten das Denken für meinen Vater übernommen.

Kant sagte einmal, dass der Mensch "bequem" sei, was den Umgang mit dem Denken betraf. Sie können sich gar nicht vorstellen, wie schmerzhaft wahr diese These war. Eine Antithese liegt bis heute nicht vor. In jenen dunklen Tagen war der Satz "Sapere Aude" - habe den Mut dich deines eigenen Verstandes zu bedienen - niemals notwendiger. Aber er wurde auch niemals so sehr gelebt, wie damals. Es gab einige Stimmen, die sich gegen alles wehrten. Einige Stimmen von Menschen, die sich das Denken nicht abnehmen lassen wollten. Aber der Hall der Mehrheit erdrückt die Schreie nach Freiheit bis heute. In einer Intensität, dass mit der Assoziation "Deutscher" noch immer ein unerwünschter Beigeschmack eines Nazis steckt. Diese Wahrheit wurde für Magda und mich immer erdrückender. Eine Last auf unseren Schultern und unserer Seele, die stetig, kaum spürbar, immer mehr wuchs. Irgendwann wurde es zu einer unerträglichen Last.

Magda verdrängte diese Realität, indem sie ihren Blick für das Gute im Menschen niemals verlor. Sie bewahrte sich ihren Sinn für das Schöne im Leben. In kaum auffallenden Kleinigkeiten wie Sonnenaufgänge oder der Stille, wenn der erste Schnee fiel. Ich verdrängte meine Angst und meine Sorge um sie, in dem ich aufrichtig mitfühlte und ihre Angst teilte.

1933 war ein seltsames Jahr. Hitler übernahm nun offiziell die Macht. Die Instrumentarien seiner Politik wurden schnell sichtbar. Der wirtschaftliche Aufschwung ist in dieser Zeit und in diesem Jahr nicht zu leugnen. All diejenigen, die sich um Politik keine Gedanken machten und nicht zu den von den Nazis verfolgten Gruppen gehörten, waren letztlich nicht gegen Hitler, auch wenn sie nicht für ihn waren. Es schien so, als hätte Hitler selbst die Weltwirtschaftskrise in Deutschland bewältigt. Die historischen Fakten sprachen jedoch eine andere Sprache.

Die Weltwirtschaftskrise wurde von der gesamten Welt erfolgreich bekämpft. Das sind jedoch Entwicklungen, die Menschen ohne höhere Bildung nur schwer erkennen können.

Für diejenigen, die von den Nazis politisch erfolgt wurden, brachte der wirtschaftliche Aufschwung wenig Hoffnung. Ganz im Gegenteil. Die Zahl der auswandernden politischen Gegner, die sich der Über-macht Hitlers und der Nazis bewusst waren, wuchs unaufhörlich. Am Anfang der Regierungszeit von Hitler lebten 9.000.000 Deutsche jüdischer Religionszugehörigkeit im Reichsgebiet. Heute sind es knapp 10000. Für diese Menschen war diese Zeit eine dunkle und traurige, die ich aus Verbundenheit zu Magda teilte. Es ist eine an Zynik grenzende Ironie des Schicksals, dass eine Jüdin mich und sich selbst mit christlichen Werten tröstete. Magda hörte niemals auf, auf Glaube, Liebe und Hoffnung zu vertrauen.

Einer der größten deutschen Denker aller Zeiten: Albert Einstein, der auch Jude war, konnte diese Werte in der damaligen Deutschen Gesellschaft nicht mehr finden, weswegen er dieses Land verließ.

1934

Um Sorgen des Auslands vor dem Erstarken Deutschlands entgegenwirken, begann Hitler mit seiner Friedenspropaganda. Er schloss mit Polen bereits am 26.1.1934 einen Nichtangriffspakt.

Ein Regime wird nicht dadurch perfekt, indem es ständig von sich behauptet perfekt zu sein. Das war mit dem NS-Regime nicht anders. 1934 wurde der SA-Führer Ernst Röhm und die Führungsriege um ihn herum getötet. Die SA wurde paradoxerweise immer mehr zu einer parteiinternen Bedrohung, wenn nicht zeitweise sogar zu einem politischen Gegner. Hitler tat das, was er mit allen politischen Gegnern tat. Sie wurden mitleidslos aus dem Weg geräumt. Ein für alle Mal.

Mit dem Tod des Reichspräsidenten Hindenburg am 2.8.1934 setzte Hitler das fort, was er schon längst begonnen hatte. Den Ausbau der Macht. Hindenburg wurde mit und unter Hakenkreuzen begraben. Nur er selbst weiß, ob er das gewollt hätte.

Hitler nutzte sogar den Tod anderer, um sich und seine Partei in den Vordergrund zu stellen. Dies geschah, wie so oft, medien- und publikumswirksam. Die freie Stelle nahm Hitler für sich ein. Er erhielt die Ämter des Reichspräsidenten und des Reichskanzlers. Als ob das allein nicht genug war, wurde die Wehrmacht auf Hitler vereidigt. Nun war Hitler nicht nur der moralische Führer, er wurde uneingeschränkt der politische Führer des Staates. Kein Deutscher hatte vor ihm und nach ihm so viel Macht. Streng genommen hatte niemals ein Deutscher so viel Macht, weil Hitler ein Österreicher war.

Nichtsdestotrotz, es gelang Hitler sich selbst als "Überdeutschen" darzustellen und der Jubel der Menge unterschrieb es.

Wie war es für Menschen, die damals lebten und keine einzige Unterschrift unter Hitlers Reden setzten?

Es ist nicht zu verallgemeinern. Sofern sich jemand eine Meinung gegen Hitler bildete, dachte er zunächst darüber nach, ob und wem gegenüber er diese Meinung äußerte. In mir wurde eine stille Ahnung geboren. Eine Ahnung, die allgegenwärtig war und über allen meinen Gedanken wie ein grauer Himmel schwebte. Ich konnte regelrecht fühlen und spüren, dass irgendetwas nicht stimmte und dass irgendetwas Fürchterliches passieren würde. Aus der

jetzigen Perspektive scheint alles so einfach. Menschen, die damals nicht lebten, fragen sich, wie so etwas passieren konnte. Hitler hatte alles angekündigt und die Aggressivität seiner Innen- und Außenpolitik war nicht von der Hand zu weisen.
Diejenigen, die dasselbe spürten und Juden waren, verließen immer öfter das Land, weil alle Geduld der Welt und auch eine engelsgleiche Geduld ein Ende kennt, wenn das Leben vom Staat gezielt terrorisiert wird. Es wurde immer spürbarer und immer seltener zu verleugnen, dass Juden wie Tiere behandelt wurden. Zunächst war es schleichend und nur rechtlich.

Dennoch gab es genügend Juden, die Deutschland nicht verließen, weil sie dieses Land als ihre Heimat betrachteten. Das ist kein Irrtum, denn dieses Land ist ihre Heimat. Aber es war der Irrtum des damaligen Staates, das zu verleugnen. Sie nahmen die Schikanen des Staates geduldig hin. Die Geduld und die Hoffnung, dass eines Tages alles besser werden würde. Aber es wurde nicht besser.

44

Nicht alle Deutschen teilten die Ansichten Hitlers. So geschah es damals, dass einige Deutsche auf ihre Art Widerstand leisteten. Ich selbst zähle mich zu dieser Personengruppe. Ich denke, dass ich stellvertretend für eine gesamte stille Widerstandsarmee spreche, wenn ich sage, dass wir damals das Leben von Tausenden geschützt haben.

Es war im November und ich kam von der Arbeit zurück. Die Luft roch würzig und die Dämmerung setzte früh ein. So wie es für diese Jahreszeit typisch ist. Als ich in der Fußgängerzone von Hannover bemerkte, wie drei Personen einen Rabbiner beschimpften und traten. Sie demütigten ihn immer wieder. Der Rabbiner versuchte, seinen Weg fortzusetzen, soweit ihm das möglich war. Es kam, wie es kommen musste, zwei von ihnen packten den Rabbiner an jeweils einem Arm. Der Dritte lachte nur und holte zum Schlag aus und schlug den Rabbiner in den Bauch. Die übrigen Passanten taten, als hätten sie nichts gesehen und setzten ihren Weg fort oder machten einen weiten, feigen und blinden Bogen um das Geschehen.

“Du Sau-Jude”, lachte der eine Nazi und holte ein weiteres Mal zum Schlag aus. Mittlerweile war ich nah genug gekommen und wollte dieses traurige Geschehen nicht fortfahren lassen. Gerade als sein Arm den Scheitelpunkt zum Schlag erreichte hielt ich ihn am Handgelenk fest.

“Und was bist du?”, fragte ich, offenbar ein Sau-Nazi. “Ihr gehört doch zur Herrenrasse. Wenn ihr so überlegen seit, dann bräuchte man doch nicht drei Männer, um mit einen alten Rabbiner fertig zu werden.”

“Halt dich da raus!”, schrie er mich an, “das geht dich gar nichts an!”

“Doch. Jetzt schon. Wieso versuchst du es nicht mit mir?”

Sie wussten nicht, was sie sagen sollten, hielten für einen Augenblick inne, warfen den Rabbiner mit aller Gewalt auf den Boden und einer von ihnen trat noch einmal nach. Ich wollte auf ihn los, als mir der Nazi, dessen Hand ich hielt, ein Bein stellte. Auf mich trat er auch nochmal ein. Dann gingen alle drei weg.

"Du wirst noch von uns hören", sagte einer von ihnen. Er ließ es sich nicht nehmen, auf uns zu spucken.

"Das war genug", sagte der alte Rabbiner.

Er bedankte sich immer wieder bei mir, als hätte ich sein Leben gerettet. Vielleicht habe ich es auch, wer weiß. Der Tritt und der Sturz waren es mir wert.

Dieses Ereignis ist stellvertretend für viele Deutsche. Sowohl im Guten, als auch im Schlechten. Wir dürfen diejenigen nicht vergessen, die die Menschenwürde anderer, ihr Gewissen und ihren Glauben an Gott niemals erlöschen ließen. Die ihr Leben dafür riskierten.

Ich tat es damals, um zu helfen und nur um zu helfen. Diese Geschichte habe ich seit Jahrzehnten niemanden gegenüber erwähnt. Sie sind die ersten, um genau zu sein.

Ich machte an diesem Abend einen gewaltigen Fehler. Als ich zu mir ins Haus ging, fragte mich meine Schwester, was passiert sei, weil ich einen Riss in meiner Hose durch den Sturz hatte. Meine Schwester war sehr scharfsinnig und bemerkte es sofort. Es war meinerseits wenig scharfsinnig, meiner Schwester von diesem Ereignis zu erzählen. Da es sich in unserem Haus wie ein Lauffeuer verbreitete. Magdas Blick aus Mitleid, Stolz und Sorge war noch am wenigsten quälend. Der Streit mit meinem Vater war in mehrfacher Hinsicht unnötig und verletzend. Er war mir gegenüber unnötig, da der Streit nichts am Vergangenen und noch weniger an meiner Einstellung änderte. Er war verletzend Magda gegenüber, weil sie alles mitbekam und mehrfach hören musste, was mein Vater von Juden hielt. Der

Streit dauerte ewig. Es war das erste Mal, dass ich ihn aus tiefstem Hass anschrie.

Es gibt nur zwei Arten der Existenz: Entweder man verändert die Realität oder man wird von der Realität verändert.
Für mich gab es keine Gewissheit, die Realität verändern zu können, es gab nur das Unnachgiebige in mir, alles zu geben, alles zu tun, bevor ich mich gegen meinen Willen verändern lasse, und wenn es das letzte sein sollte, was ich tat.
Mein Wille war damals meine Realität und je mehr Zeit verging, um so unnachgiebiger wurde ich.
Und wenn all das bewirken sollte, dass ich ruhiger wurde, oder endlich mal nichts sagen oder tun würde, so hat er nur das Gegenteil erreicht.
Meine Wut, mein Hass - endlich verstand ich seine Sprache - wurden immer größer. Ich sprach seinen Jargon besser, als er es jemals vermochte und das auf einem Niveau, das ihm immer fremd bleiben sollte.
Diese Realität sollte mich niemals verändern. Niemals.
Totale Konfrontation, mit der Bereitschaft alles zu verlieren, und nichts erreichen zu wollen, nur der Konfrontation wegen.
"Wenn die einzige Sprache, die von mir verstanden wird, so aussieht, dass ich Geschirr zerbrechen muss, dann zeig mir, wo der Porzellanladen steht. Kein Problem".
Was bringt einem Idealismus, wenn der Gegner ein Nihilist ist?
Noch mehr Idealismus oder den inneren Tod. Allein diese bittere Gewissheit verstärkte meine Einstellung. Meine an Zynik grenzende Ironie.

Letztlich entstanden unsere beiden Standpunkte aus einer Motivation heraus, die ich bis heute nicht erklären kann. Beide von uns glaubten, für etwas Gutes einzustehen, beide von uns glaubten, dass unsere Motivation so etwas wie Liebe sei. Bei mir war es meine Zuneigung Magda gegenüber, bei meinem Vater war es die Zuneigung seinem Land gegenüber. So einfach, klar und ähnlich unsere jeweiligen Motive jetzt erscheinen, so weit waren sie voneinander entfernt. Nichts auf dieser Welt konnte unsere Standpunkte auf einen gemeinsamen Nenner bringen.

Es hat mir irgendwann wirklich gut getan, dass er Jahre später, gegen Ende des Krieges, alles für einen Fehler gehalten hat.

Aber das ändert nichts daran, dass Magda nicht mehr unter uns ist, ändert all seine Demütigungen nicht, macht unsere sinnlosen Diskussionen nicht ungeschehen. Aber all das ist noch in mir, weil ich diese Erinnerungen nicht vergessen kann. Vergebung erfordert Kraft und Stärke. Ich möchte es an dieser Stelle noch nicht vorwegnehmen, ob es mir gelungen ist. Nur so viel, dass es in jener Zeit für mich undenkbar war.

Ich bin das, was aus mir gemacht wurde, nicht mehr und nicht weniger. Ohne hierfür Verständnis zu erwarten.

Nach dem Streit kam Magda zu mir. Irgendwie sah sie anders aus als sonst. Es schien, als sei ihr inneres Licht ein wenig schwächer geworden. Ich hoffte, dass ich mich täuschen würde.

Ich hatte dem alten Rabbiner geholfen, damit er nicht weiter gedemütigt wurde. Der eine oder die andere mag jetzt meinen, dass dies einem kleinen Happy-End ähnelt. Aber das war es nicht.

Ein Happy-End gibt es nur in Filmen, das Leben ist kein Film, also gibt es kein Happy-End für niemanden. Oder wer behauptet schon, dass der Tod ein glückliches Ende ist? Das unausweichliche Schicksal allen Lebens.

Wir wachsen in einem Glauben auf, der vom Leben selbst niemals unterschrieben wird. Uns wird gelehrt, zu hoffen, zu glauben und unsere Peiniger zu lieben. Das macht uns nur unnötig gefügig.

Freiheit, gehört aber nur den Ungefügigen und wenn es nur für einen Augenblick ist, der Rest lebt und liegt in seinen Illusionen oder träumt nur davon. Wenn ich auf meine Träume und Wünsche und Hoffnungen zurückblicke, sehe ich nur Ruinen und Seelenasche und höre das vergnügliche Lachen anderer im stillen Hintergrund.

Und stelle mit zynischer Freude fest, dass uns wenigstens etwas wirklich und wahrhaftig verbindet, was als einziges wirkliche Wahrheit und als einzige Ausnahme ein erstes und letztes Mal keine Lüge ist.

1935

Nachdem im Vorjahr die Armee auf Hitler vereidigt wurde, wurde in diesem Jahr ab dem 16.3.1935 die allgemeine Wehrpflicht wieder eingeführt. Dies stieß auf geteilte Meinungen, wie so oft. Aber bei diesen Diskussionen ging es weniger um NS-Ideologien. Es ging viel mehr um die Richtigkeit der Wehrmacht und um den Versailler Vertrag.

In diesem Jahr ging in Deutschland die neue gesellschaftliche Schere zwischen Juden und Deutschen noch weiter auseinander. Die Nürnberger Rassengesetze zum "Schutze Deutschen Blutes" wurden erlassen. Die Juden wurden durch diese Gesetze aus der Gesellschaft und aus dem Staat faktisch ausgeschlossen.

In wirtschaftlicher Hinsicht wurden alle 18-jährigen Jugendlichen für ein halbes Jahr zum Reichsarbeitsdienst (RAD) verpflichtet.

Das Ausland beobachtete diese aggressive Entwicklung mit großer Sorge. Die Friedenspropaganda wurde bei jeder Gelegenheit in Anspruch genommen. Hitler tat das, was er immer tat. Er sagte den Leuten das, was sie hören wollten. Selbst wenn es Lügen waren. Göbbels wurde sogar in diesen Jahren nach New York zum Völkerbund geschickt, um im Rahmen dieser Friedenspropaganda für die Friedfertigkeit der NS-Regierung zu sprechen. Was ihm letztlich gelang. Die Diplomaten glaubten nur das, was sie glauben wollten. Aber was sollte das Ausland tun? Es hatte keine andere Möglichkeit, als alles hinzunehmen, was Hitler innenpolitisch tat. Die Nürnberger Rassengesetze waren kein Geheimnis und der menschenverachtende Inhalt war offenkundig. Sollte man Deutschland den Krieg erklären? Diese Erklärung hätte kein Europäer abgegeben. Nicht nach den frischen Narben, die der erste Weltkrieg hinterlassen hatte. Damals war es der große Krieg, niemand sollte wissen, dass ein zweiter folgen sollte. Einige ahnten es und verdrängten diesen Gedanken immer wieder. Aber je mehr Zeit verging, um so häufiger musste dieser Gedanke ignoriert werden, bis es so weit sein sollte.

In den ersten NS-Jahren ertrug Magda die Schikanen nahezu mit Leichtigkeit, soweit dies möglich war. Natürlich belastete sie das politische Geschehen, aber sie verschloss ihre Augen, wenn es für sie unerträglich wurde. Es war wie das Spiel eines kleinen Mädchens, das die Augen verschloss, wenn es ein Monster sieht, um es daraufhin in ihren Gedanken verschwinden zu lassen. Die Reden meines

Vaters, seine politischen Anschauungen und seine respektlose Art ignorierte sie ebenfalls sehr erfolgreich. Es war, als ob ihr all das nichts anhaben konnte. Ihr Edelmut schien grenzenlos und bis heute ist mir niemand über den Weg gelaufen, der es auch nur ansatzweise in Erwägung ziehen könnte, auch nur einen Bruchteil ihrer Güte zu haben, wenn Magda es nicht gelebt hätte.

Leider Gottes kennt alles Grenzen und die scheinbare Grenzenlosigkeit ihrer Unerschütterlichkeit fand in diesem Jahr ein erstes Mal ein Ende.

Ich war in unserem Haus und wollte nach ihr sehen. Deshalb suchte ich sie zunächst in der Küche, wo sie nicht war. Dann lief ich ins Wohnzimmer und suchte anschließend im Garten nach ihr. Auch dort war sie nicht. Es war seltsam, denn an einem dieser drei Orte war sie immer. Ich war leicht verwundert und überrascht, ich spürte, dass etwas nicht stimmte. Also rief ich nach ihr. Die Antwort war nur Stille. Niemand war im Haus, was seltsam war. Diese Leere war erdrückend. Ich lief hoch zu Magdas Zimmer und klopfte. Ich hörte etwas in ihrem Zimmer. Nach einem langsamen Zögern hörte ich ein leises: "Ich bin gleich da."

Ich sagte nichts und wartete. Nach einigen Minuten ging die Tür plötzlich auf und Magda wischte sich mit ihrem Ärmel die letzten Tränen weg. Ich wurde schnell wütend und fragte sie mit Fassung: "Schon wieder mein Vater? Was hat er jetzt schon wieder gesagt?"

"Nichts. Schon gut, schon wieder vorbei", erwiderte sie.

"Nein. Es ist nicht gut. Es ist nicht vorbei, sag´ mir, was passiert ist."

"Nichts. Wirklich. Je weniger ich darüber reden muss, desto schneller vergesse ich", sie lächelte ein wenig gezwungen.

Ich blieb ernst und ließ mich von ihrem Lächeln nicht bestechen. "Sag´mir bitte, was passiert ist. Bitte Magda. Ich verspreche Dir, dass ich mich mit meinem Vater auch nicht streiten werde. Du konntest mir immer vertrauen. Ich habe dir immer vertraut. Es gibt zwischen uns keine Geheimnisse."

Magda zögerte und kämpfte gegen ihre Tränen. Ihre Augen schwollen immer mehr an, dann fiel sie mir in die Arme und weinte nur. Ich ließ ihren Tränen freien Lauf. Ihr Weinen war das einzig Hörbare in der erdrückenden Stille und Leere des Hauses. Ihre Trauer durchflutete alles und mich als erstes.

Irgendwann nahm die Zahl ihrer Tränen ab, nicht jedoch ihre Trauer. Als sie dann die Kraft fand, ein wenig Luft zu holen, sagte sie mit leiser und belegter Stimme: "Alfred hat unsere Beziehung beendet und unsere Verlobung aufgelöst."

Ich hielt sie nur in meinem Arm, während ihr Blick ins Leere glitt und durch ihre Verzweiflung gefüllt wurde. In den Jahren und der unmittelbaren Zeit davor war Alfred ihr einziger Hoffnungs-schimmer, die Quelle aus der sie unglaublich viel Kraft gewann. Er bereitete ihr das wenige Glück, das sie zuvor in ihrem ganzen Leben vermisst hatte. Ihre Träume, ihre Wünsche und ihr Zusammensein mit ihm waren jetzt weg. Es riss ein unerfüllbares Stück aus ihrer Seele. Ich fragte nicht nach den Gründen. Ich kannte Alfred nicht so gut wie Magda, aber ich bin bis heute überzeugt, dass es die Nürnberger Rassengesetze waren. Es war Alfreds nachgiebige Eigenschaft, unangenehme Themen auszuschweigen.

Wahrscheinlich ließ er Magdas Spekulationen freien Lauf oder er erfand irgendwelche Lügen, um sie nicht zu verletzen. Er war ein Feigling, so lieb er auch gewesen sein mag. Er gehörte zu der Kategorie Mensch, die bei einem ist, solange es einem gut geht. Er gehörte zu denjenigen, die als erstes verschwinden, sobald man Probleme hat. Wahrscheinlich war dies der Auslöser von Magdas stiller Melancholie.

Ich weiß nicht, wie lange ich sie in meinen Armen hielt. Die Zeit stand still, alles war wie eingefroren und unerträglich kalt. Vielleicht waren es nur ein paar Sekunden, vielleicht sogar Stunden. Dann sagte Magda nur: "Irgendwann musste es doch so kommen, irgendwann musste es so weitergehen."

Keiner wusste es besser als Magda und ich. Aber in diesem Augenblick stand uns die Realität gnadenloser denn je gegenüber. Nach all der Politik, nach all den Eskapaden meines Vaters und ihres Arbeitgebers war Magda nicht nur sozial, sondern auch emotional isoliert. Rita, Marlene und ich waren ihre letzten echten Beziehungen.

Ich denke, dass dies eine angemessene Gelegenheit ist, noch einmal klarzustellen, wie ich zu Magda stand und stehe. Obwohl ich mit ihr nicht verwandt war, und nicht dasselbe "Blut in unseren Adern" floss, war sie mir so nah wie niemand anders. Sie war eine Schwester, eine Tante, eine Freundin und die Personifikation für Menschlichkeit für mich.

1936

Das NS-Regime verfolgte in diesem Jahr viele Pläne, von denen scheinbar alle verwirklicht wurden. Die Strategie, das aggressive Vorgehen mit Friedenspropaganda zu verschleiern, war in diesem Jahr erfolgreicher denn je.

Im wirtschaftlichen Bereich wollte Hitler Deutschland autark machen. Mehrere Vierteljahrespläne waren das wirtschaftliche Instrument hierfür.

Hitler bewerkstelligte das relativ erfolgreich, wenn das auch teilweise wirtschaftlich fraglich erschien. Zum Beispiel wurden regionale Eisenerzförderungen massiv staatlich unterstützt, obwohl der Import günstiger gewesen wäre. Dies geschah in fast allen Bereichen.

Während die Friedenspropaganda durch Göbbels weiter in den Vordergrund geschoben wurde, löste Hitler den Pakt von Locarno auf und am 7.3.1936 marschierten deutsche Soldaten in das entmilitarisierte Rheinland ein. Diese Friedenspropaganda war eine einzige Lüge, die jeder hören wollte. Denn das, was Europa noch im gleichen Jahr sah, war, dass die Deutsche Wehrmacht noch im gleichen Jahr sich in einen Krieg einmischte, der keinen von uns auch nur das Geringste anging. Deutsche unterstützten spanische Nationalsozialisten im spanischen Bürgerkrieg. Die "Legion Condor" wurde am 26.7.1936 aufgestellt und eingesetzt. Soweit man von "Erfolg" sprechen kann, war die deutsche Unterstützung erfolgreich. Franco gewann den Bürgerkrieg und blieb viele Jahrzehnte nach dem zweiten Weltkrieg noch der faschistische Machthaber Spaniens.

Hitler hat alles missbraucht, was er missbrauchen konnte. Davon blieben auch die Olympischen Spiele nicht verschont. Hitler eröffnete folglich die XI. Olympische Spiele in Berlin. Die Deutsche Olympia-Mannschaft gewann die meisten Medaillen und sogar jüdische Deutsche durften für Deutschland starten. Ich denke, dass der Medaillenspiegel ohne jüdische Unterstützung anders ausgesehen hätte. Wo man auch hinsah, man sah nur Widersprüche und alle verschlossen ihre Augen davor.

Wenn man so sehr auf Frieden aus war, wie es stetig beteuert wurde, warum waren dann Bündnispartner notwendig? Bündnisse wofür und vor allem wovor? Das war eine Frage, die sich keiner wirklich stellte. Am Ende stand nur das Ergebnis: Deutschland gewann Italien und Japan als Bündnispartner.

Allein der Umstand, dass die Reichsregierung ständig und unaufhörlich ihren Durst nach Frieden beteuerte, machte deutlich, dass sie selbst wenigstens Zweifel hatte. Aus der heutigen Perspektive weiß man, dass der Zweite Weltkrieg bald beginnen sollte, damals hatte man nur eine Ahnung. Man wollte aber nicht den Teufel an die Wand malen. Hitlers Lügen waren willkommen und man glaubte sie ihm gern.

Der scheinbare äußere politische Friedenskurs konnte dennoch den inneren Hass gegenüber den Juden nicht unterdrücken.

Die Friedensfassade wurde von meinem Vater aber nicht geteilt. Wie sollte es anders sein, besorgte er sich eine NS-Uniform. Seine Intelligenz setzte er lediglich nur zur Wiedergabe der NS-Argumente ein. Mein Vater betrachtete sich selbst als ein Mann von Taten. Ich höre immer noch seine selbstherrlichen Worte in meinen Ohren, die er in der Weise und in dem Tonfall von Kaiser Willhelm II. in seiner leicht nachahmbaren zackigen Weise sagte: "Mein Sohn: Nichts ist Gutes, außer man tut es. Ein Mann wird an Taten gemessen, nicht an Versprechungen." Diese Worte waren sein persönliches Vaterunser. So messe ich meinen Vater an seinen Taten. Er hörte mit seinen Demütigungen gegenüber Magda nicht auf.

Eines Tages kam er mit versteinertem Gesichtsausdruck aus seiner Kanzlei zurück, ging mit militärischem Gleichschritt in das Wohnzimmer, in dem ich mich bereits befand.

"Guten Abend", sagte ich zu ihm.

"Gleich wird er besser werden", sagte er kurz und rief ganz laut durch das ganze Haus: "Magda! Komm her!"

Ich konnte schon ihre hastigen Schritte hören. Sie beeilte sich, es schien, dass sie schon fast laufen würde. Mein Vater hatte das auch gehört. Er verlieh unnötigerweise seiner Aufforderung Nachdruck, in dem er rief: "Jetzt! Und nicht morgen!"

Magda war nur einen Augenblick später im Wohnzimmer. "Guten Abend, das Essen ist schon fertig und der Tisch bereits gedeckt", wollte sie einer möglichen Anfrage zuvorkommen.

"Das Essen hast du heute Abend zum letzten Mal zubereitet und den Tisch zum letzten Mal gedeckt. Du bist fristlos entlassen", warf ihr mein Vater in seiner juristischen Gleichgültigkeit entgegen.

"Das kannst du nicht machen!", rief ich empört.

"Oh doch!, ich kann und ich habe bereits. Keine Diskussion. Magda, pack deine Sachen. Ich mache mich zum Gespött, dass ich dich hier bei mir arbeiten lasse."

"Friedrich, bitte, sag nichts. Bitte. Mir zur Liebe. Ich gehe besser", unterbrach Magda kaum hörbar, sie wirkte verzweifelt, aber nicht hilflos.

Ich kam dieser Bitte nicht nach. Ich stritt mit meinem Vater. Wieder einmal. Es wiederholte sich alles, fast schematisch. Nur war es lauter als sonst. Ich verstand, dass ich auf taube Ohren stieß und unterbrach das Gespräch abrupt, in dem ich den Raum verließ und ihn mit meiner Nichtachtung strafte. Ich bin mir sicher, dass mein Vater das nicht als Strafe empfand. Vielmehr die Diskussion, dass eine "Jüdin" in seinem Haus arbeiten würde. Mir liefen Rita und Marlene aufgeregt ins Wohnzimmer nach, sie hatten die Nachricht wohl von Magda erfahren. Sie waren nur zufällig im Haus, um unsere Mutter zu besuchen. Sie setzten fort, was ich bereits aufgegeben hatte. Meinen Streit, aber nicht mit Argumenten, sondern mit einem Flehen und Bitten, das Töchter ihren Vätern entgegenbringen, wenn sie etwas unbedingt wünschen. Aber all ihr Flehen und all das Betteln blieben ungehört.

Ich ging in Magdas Zimmer, sie packte bereits ihre Sachen. Sie wusste genauso wenig wie ich, wohin sie jetzt gehen sollte. Ihre Isolation war unerträglich genug, jetzt war ein Ausmaß erreicht, welches all unsere Vorstellungen überstieg. Nach all den Tiefpunkten dachte sie immer wieder, noch tiefer kann es nicht gehen. Doch es ging immer ein Stückchen tiefer. Innerlich hatten wir uns das bereits vorgestellt, wir hatten darüber geredet und damit gerechnet. Dennoch war es überraschend und es traf uns beide hart. Bei all der

Berechenbarkeit dieser Situation hatte ich keine Vorkehrungen getroffen.

Ich verließ Magdas Zimmer, mit meinem persönlichen Vaterunser: "Wer nicht kämpft, verliert." Nur für den Augenblick, dachte ich mir. Ich lief die Treppen herunter, zurück ins Wohnzimmer, in dem Rita und Marlene immer noch flehten. Ich wartete auf eine kleine Pause. Ich wusste nur zu gut, dass mein Vater das als "weibisches Jammern" empfand.

Ich dachte mir, du redest mit einem Juristen, also dann sprich wie einer. Kühl, sachlich und mit guten Argumenten: "In dem großen Krieg haben Juden an deiner Seite gekämpft. Sie gaben ihr Leben für ihr Vaterland. Wenn sie es nicht gaben, so gaben sie Jahre des Leids in einer Überzeugung, die deiner gleichsteht. Für Deutschland. Sie waren deine Kameraden, sie standen an deiner Seite. Sie wären für dich gestorben, und damals hättest und hast du dasselbe für sie getan. Hast du das vergessen? Ist das deutsche Ehre? Ist das die Lektion, die ich von dir lernen soll? Dann verzichte ich darauf."

Es herrschte wieder Stille im Raum. Das hatte eingeschlagen. Wie eine Granate.

Mein Vater sagte in einem langsamen, aber dennoch Kaiser-Wilhelm-Tonfall: "Deutsche Größe kennt keine Grenzen. Das vergossene Blut meiner Kameraden, auch wenn sie Juden waren, werde ich niemals vergessen. Aber auch nur deswegen."

Er setzte sich selbst theatralisch in Szene und ging zum Fenster, warf einen Blick zum Himmel empor, zwirbelte seinen Schnauzbart als wäre er selbst ein Kaiser. Er ließ dann wieder künstlich Stille aufkommen. Holte nachdenklich Luft und drehte sich langsam zu uns.

"Sie bleibt. Sie soll froh sein, dass ich deutsche Größe beweise. Ich vergesse den Krieg niemals". Rita und Marlene gingen sofort zu Magda hoch. Ich blieb zurück und dachte mir, so schwer es mir auch fiel, lass es unkommentiert, Friedrich. Lass es unkommentiert. Du hast, was du wolltest.

Dann drehte ich mich um und folgte meinen Schwestern. Als ich ankam, sah ich an Magdas Gesichtsausdruck, dass es ihr ging wie mir. Wir wussten beide nicht, ob wir uns darüber freuen sollten. Es war eine Art jener Nachrichten, bei denen das scheinbar gute Ergebnis ganz offensichtlich noch negative Folgen haben sollte. Jeder wusste, was das bedeutete, mit all den Konsequenzen. Dafür musste man kein Prophet sein.

Wir hatten jedenfalls Zeit gewonnen. Ich wusste, was jede andere gesagt hätte, aber nicht Magda. Wir wussten beide, dass es von nun an besser wäre, wenn wir etwas anderes für sie fänden. Ich spürte, dass Magda das von sich aus wollte. Ein Blick von mir reichte, damit ich ihr in der nächsten Zeit behilflich sein würde, um etwas Neues für sie zu finden. Wir aßen unser Abendessen. Mein Vater erzählte von seinen Ansichten, als ob nichts vorgefallen sei. Magdas Blick war ein wenig gesenkter als sonst, ich sagte zu allem nichts.

Während der ganzen Zeit dachte ich darüber nach, was "Deutsche Größe" ist. Ich suchte in der Geschichte unserer Nation und gelangte zu keinem Ergebnis. Wann kann man objektiv und frei von Wilhelmismus, von "Deutscher Größe" reden? Ich meine nicht im territorialen Sinn. Ich meine nicht im militärsischen oder außenpolitischen Sinn. Ich meine einzig und allein in moralischer, menschlicher und tugendhafter Hinsicht. So traurig es auch scheint, so schwer es mir auch fällt als Deutscher diese Zeilen zu schreiben, es besteht kein Anlass von Deutscher Größe zu reden. Vielleicht von Einzelpersonen, die Größe bewiesen haben. Aber die deutsche Nation, das deutsche Volk hat keinen Anlass, von Größe zu sprechen. Wir hatten über ein Jahrtausend hinweg Schwierigkeiten, unsere Nation zu einen. Als ob diese Erkenntnis nicht ernüchternd genug ist, so suchte ich in meinen Gedanken nach der Größe anderer Nationen, anderer Völker aus der Perspektive von 1936. Die Antwort war die gleiche. Mir fiel keine Nation oder eine Epoche einer Nation ein, bei der ich sagen würde, dieses Volk ist wahrhaft groß. Dieses Volk beweist Größe. Diese Erkenntnis ist schmerzhaft und traurig, aber wahr. Wir können nur hoffen und beten, dass sich das eines Tages ändern wird. Es scheint die menschliche Natur zu sein, dass wir gemeinsam als eine Nation zu keiner Größe fähig sind. Wir sind auf Einzelschicksale, auf die Größe einzelner angewiesen. Hobbes hatte also recht, der Mensch ist dem Menschen ein Wolf. Wir sind eine Spezies, die kollektiv zu keiner Größe in der Lage ist. Alles ist relativ, ist ein schöner Satz von Einstein, der oft und gerne zitiert wird. Aber in Bezug auf menschliche und moralische Größen einer gesamten Nation, der gesamten Menschheit, muss dieser Satz seinerseits relativiert werden. Fast alles ist relativ, einiges aber nicht.

1936 war das Jahr des scheinbaren Friedens. So fadenscheinig dieser Frieden nach außen hin wirkte, desto stärker wurde auch das von den jüdischen Mitbürgern genutzt, um dieses Land zu verlassen. Sie wurden noch nicht lebensbedrohlich vom Staat verfolgt. Jeder von ihnen, der es sich leisten konnte, verließ das Land. Letztlich war es damals schon, wie es schon immer war, eine Frage des Geldes. Es waren deutliche Vorboten zu sehen. Natürlich lag der Krieg in der Luft. Aber es wurde oftmals als pessimistisches Denken abgetan und verdrängt und man zog es oftmals vor, den Lügen von Hitler Glauben zu schenken. 1936 stand der Zweite Weltkrieg noch aus. Man sprach über ihn nicht mit der Selbstverständlichkeit, wie man es heute immer wieder tut.

Auch der staatliche Massenmord an den Juden, rebellierenden Priestern, Widerstandskämpfern, politischen Gegnern, Sinti und Roma und behinderten Menschen lag noch in der Zukunft. Es war damals Zukunft. Kein Mensch hätte jemals gedacht, dass Menschen zu so etwas in systematischer Weise in der Lage sein würden. Der Massenmord an den Indianern durch die Amerikaner und die Spanier wurde nicht als solcher wahrgenommen. Alles, was damals spürbar war, war der blanke Hass der Nazis und die Gesetze, die eine deutliche Sprache sprachen. Heutzutage sieht man die Zahlen oder man verfolgt Fernsehreportagen, die das Auswandern beschreiben. Aber hinter jedem auswandernden Juden steckt ein Einzelschicksal, steht ein Mensch, der seine oder ihre ganz individuellen Gründe hatte dieses Land zu verlassen. Sei es der Ehemann, der ein Nazi wurde und sich von seiner jüdischen Frau scheiden ließ. Sei es der Arzt, der von Nazis immer wieder schikaniert wurde, und vom Staat keinen Schutz erhielt oder sei es der Juwelier, dessen Schaufenster zum zehnten Mal mit Steinen eingeworfen wurden. Die Liste der Einzelschicksale und ihrer Gründe reicht ins Unendliche.

1937

Vier Jahre waren die Nationalsozialisten nun an der Macht. Im Jahr 1937 ist innen- und außenpolitisch nichts Neues passiert. Die Nazis konnten ihre Macht festigen und verhielten sich für ihre Verhältnisse relativ ruhig. Die Olympischen Spiele von 1936 und die damit verbundenen Friedensbemühungen hielten an. Es entstand so etwas wie Hoffnung, dass sich die politische Situation für Juden nicht verschlimmern würde.

In diesem Jahr geschah zwar nichts, was von besonderer Bedeutung gewesen wäre. Es hat sich aber schon leise und zwischen den Zeilen angedeutet, dass Andersdenkende nicht erwünscht sind. Dies hat sich dadurch bemerkbar gemacht, dass Reichswirtschaftsminister Schacht wegen Auseinandersetzungen bezüglich der Rüstungsfinanzierung zurücktreten musste.

Es gab kaum Menschen, die wirklich verstanden hatten, was sich hinter diesem Schleier verbirgt. Es ist abstrakt durchaus mit dem Verschwinden heutiger Minister vergleichbar. Sie werden aus der Regierung verabschiedet, wenn sie nicht die Ergebnisse bringen, die vom Regierungsoberhaupt gewünscht sind.

Im Konkreten natürlich überhaupt nicht. Es ist genau dieses Konkrete, das den Weg in die Zukunft deutlich gezeichnet hat. Es war ein weiterer Vorbote dafür, dass der Krieg unweigerlich näher rückte. Etwas Unausweichliches werden sollte. Es gab viele Vorzeichen, doch sie wurden aber alle ignoriert oder unzureichend wahrgenommen. Den Bürgern ging es im Wesentlichen nur um ein gewöhnliches und wirtschaftlich gesichertes Leben.

Dieser Wunsch hatte sich in wirtschaftlicher Hinsicht verwirklicht. Die Arbeitslosenzahlen waren von 25,9% im Jahr 1933 auf 4,1% im Jahr 1937 gefallen. Diese Entwicklung sollte bis 1939 weitergehen, in diesem Jahr würde die Arbeitslosenquote nur noch 0,5% betragen. Die Tarifstundenlöhne sind zwar in dieser Zeit um 10 bis 25% gefallen, aber die Existenz war für die breite Mehrheit gesichert. Angesichts der Weltwirtschaftskrise, die nur all zu gut in der Erinnerung der Menschen blieb, war das ein Opfer, das für die Existenzsicherung notwendig und hinnehmbar war.

Der wirtschaftliche Aufschwung machte die Menschen aber auch blind. Blind für den eingangs bereits erwähnten Krieg. Es ist kaum zu glauben, dass die staatlichen Einnahmen sich von 1932 bis 1938 fast verdreifachten. Und ob Sie es glauben oder nicht, das war nicht genug: Schacht hatte zur Finanzierung des Krieges ein Wechselsystem eingeführt. Der Staat sollte diese befristeten Zahlungsversprechen spätestens nach fünf Jahren einlösen. Natürlich ging das nicht gut, so dass Schacht seine Stellung als Reichswirtschaftsminister verlor. Auch das war ein Vorbote.

Ich denke, dass die wenigen, die das verstanden haben die Wirklichkeit des unvermeidbaren und bevorstehenden Krieges ignoriert haben. So ruhig diese Jahre für die Nation waren, so waren sie es auch für mich.

In dieser Zeit geschah Magda noch nichts. Nur wenige wussten, dass sie Jüdin ist, abgesehen von unserer Familie. Aber ich spürte, dass es nicht moralisch richtig sein kann, das als ein Geheimnis zu behandeln, beugte mich aber meinem inneren Sträuben, da ihr Wohlergehen für mich über allem stand.

Magda machte sich große Sorgen um ihre Familie. Angesichts der politischen Umstände war ihr das nicht zu verdenken. Es ist ein Wunder, dass sie nicht schon früher ihre Eltern aufgesucht hatte. Aber ich weiß bis heute nicht, was genau vorgefallen war.

Ich bedrängte sie auch nicht mit meiner Neugier, weil ich sie respektierte. Der Streit, den sie mit ihrer Familie hatte war für sie in diesem Jahr bereits vergessen, ebenso sehr wie die Angst vor ihrem Vater. An einem Wochenende, an dem sie frei hatte, fragte sie mich, ob ich sie begleiten würde, um nach ihrer Familie zu suchen. Mir fiel auf, dass ich bis zu diesem Zeitpunkt nicht wusste, woher Magda genau kam. Ich kannte sie fast mein ganzen Leben lang, sie war wie ein Familienmitglied für mich. Erst jetzt erfuhr ich von ihr, dass die Reise uns zu einem Vorort von Hamburg führen sollte. Wir kamen in Hamburg an und gelangten relativ schnell zu dem Haus, in dem ihre Eltern früher wohnten.

Als sie das Haus von Weitem sah, wirkte sie ein wenig aufgeregter und ich konnte wieder die Freude und ihren einzigartigen lächelnden Gesichtsausdruck sehen. Ich konnte regelrecht hören, dass ihr Herz einen kleinen Freudensprung machte. Sie ging hastig, schon fast laufend auf das Haus zu, in dem sie ihre Jugend verbracht hatte. Es war ein altes und kleines Fachwerkhaus, das dringend einer gründlichen Renovierung bedurft hätte. Sie rief nach ihrer Mutter. Aber niemand öffnete. Als sie an der Haustür angelangt war, konnte ich sehen, dass ihre Vorfreude verflogen war. Ich ahnte es bereits, dass ihre Eltern nicht mehr da waren. Ich kam zur Tür nach und las, dass ein anderer als Magdas Nachname darauf stand. Ich klingelte trotzdem für Magda. Niemand öffnete die Tür. Dann gingen wir zu den Nachbarn und klingelten dort. Die Nachbarin war überrascht und erfreut, Magda nach langer Zeit wieder zusehen, sie fragte sofort, wie es ihr gehe, was sie mache und ob Magda wissen würde, wo ihre Eltern sind. Die Frage der Nachbarin war die niederschmetternde Antwort auf Magdas Frage. Magda antwortete nur, dass sie nach ihren Eltern suche. Die Nachbarin wusste es selbst nicht, nur dass das Haus irgendwann 1936 verlassen worden war. Magda gab nicht auf und entschloss sich, die beste Freundin ihrer Mutter zu besuchen. Als wir bei dieser angelangt waren und ein wenig mehr Glück mit der Anwesenheit hatten, fragte Magda ohne jegliche Umschweife nach dem Verbleib ihren Eltern. Die Nachbarin, die Magda seit ihrer Geburt kannte, antwortete nur, dass das niemand wissen würde. Irgendwann im letzten Jahr bemerkten die Einwohner nur, dass ihre Eltern schon länger nicht mehr gesehen wurden. Ihre Eltern hatten keine Nachricht hinterlassen, nichts. Keine Notiz und keine Nachricht. Sie waren einfach verschwunden und keiner wusste, wohin sie wohl gegangen sein könnten. Magda blieb noch ein wenig bei der Freundin ihrer Mutter, dann fuhren wir zurück nach Hannover.

Nach alldem, was passiert war, war dies genau die Antwort, die sich keiner gewünscht hätte. Die Sorge und die Ungewissheit schürten Magdas Angst um ihre Eltern nur. Ich weiß nicht, weshalb sie so lange keinen Kontakt zu ihren Eltern gehabt hatte. Es musste etwas Gravierendes vorgefallen sein. Aber der Umstand, dass ihre Eltern spurlos verschwunden waren, schien alte Wunden in ihr aufzureißen und so etwas wie Reue und Schuldgefühle traten zu Tage. Ich fühlte, dass sie Angst spürte. Ich versuchte sie damit zu trösten, dass die Ungewissheit immer noch besser sei, als die Gewissheit, dass ihnen etwas passiert sein könnte. Es half ihr ein wenig, aber nicht wirklich. Alles, was Magda blieb, waren die Angst, dass ihnen etwas zugestoßen war und die Hoffnung, dass sie zu den unzähligen Juden gehörten, die das Land verlassen hatten. Die bittere Erkenntnis, dass Magdas Eltern wenig Geld hatten, war wenig tröstlich. Ich versuchte, sie ein wenig optimistischer zu stimmen. Mit dem Gedanken, dass ihr Vater jetzt vielleicht mehr Geld verdient hätte, so dass sie sich die Ausreise leisten konnten. Viele Juden haben das Land verlassen. Es scheint sehr wahrscheinlich. Aber meine Wahrscheinlichkeitsargumentationen konnten Magda keine Gewissheit verschaffen. Die letzten Jahre ihrer Realität waren zu bitter, um die jetzige Situation um ihre Eltern mit Hoffnung zu erfüllen.

Ich habe in diesem Jahr bemerkt, dass ich meinen Beitrag dazu leisten konnte, Juden zu helfen. Spätestens nach den Nürnbergern Rassengesetzen gelangte ich zu dem Ergebnis, dass jedes Land in Europa für Juden besser ist als Deutschland. Ich half Juden in Hannover, die Ausreise zu erleichtern. Ich half, wo ich nur konnte, ohne etwas dafür zu wollen. Viele waren überrascht, dass sie ohne Geld eine Gegenleistung bekamen. Sie hörten oft nicht auf, sich dafür unzählige Male zu bedanken. Ich hörte häufig den Satz, dass Gott es mir vergelten werde. Wie in einem Gebet, das aus tiefsten Herzen kam, sagten sie zu mir, dass Gott mich segnen möge.

Mir war klar, dass ich eine Gefängnisstrafe riskieren würde oder zumindest Ärger mit den Behörden. Aber das war mir egal. Ich konnte und wollte nicht tatenlos zusehen. In dieser unmenschlichen Zeit wollte ich mir wenigstens meinen Funken Menschlichkeit bewahren, um jeden Preis. Ich half, um zu helfen. Ich beschützte diese Menschen, um sie zu beschützen. Ich besorgte ihnen gefälschte Papiere, gab entsprechende Aufträge. Ich sorgte dafür, dass sie sicher Fluchtwege von Hannover nach Holland oder in die Schweiz erhielten. Ich organisierte und steuerte Fluchtmöglichkeiten über die See von Hamburg aus. Ich suchte nach Menschen, die so waren wie ich. Riskierte alles und wollte nichts dafür, um Menschen, mit denen ich eigentlich nichts zu tun hatte, zu helfen.

Was war meine Motivation? Vielleicht war es mein Gewissen. Vielleicht war es mein innerer Wille, dass ich all dem Unrecht nicht mehr tatenlos gegenüberstehen wollte. Ich konnte es nicht mehr ertragen, dass ich all dieser Unmenschlichkeit zusehen musste. Ich weiß es bis heute nicht genau. Aber eines stand außer Zweifel: Es zählte nur dass ich etwas tat, was ich für gut befand. Es war schön zu wissen, dass ich mit meiner Einstellung nicht allein war. Die Zahl derer, die meinen Standpunkt teilten, war unglaublich groß. Wenn auch im stillen, es gab Widerstand. Es gab immer Widerstand, von der ersten bis zur letzten Stunde der Nazis.

1938

Monatelang hat Hitler darauf beharrt, dass Österreich "heim ins Reich" geholt werden sollte. Wir hörten seine Reden immer wieder. Seine Omnipräsenz war erdrückend. Alle waren von ihm angetan. Außer Rita und mir wagte bei uns keiner im Haus, irgendwas dagegen zu sagen.

Ich war froh, dass ich in diesen Tagen nicht ganz auf mich allein gestellt war. Ihre Unterstützung war mehr als willkommen. Wir sagten aber irgendwann auch nichts mehr, weil es keinen Sinn machte, mit meinem Vater zu diskutieren. Sein Weltbild war ohnehin nicht mehr zu retten und war bereits vor Hitler unerträglich genug gewesen. Das äußerte sich vor allem durch sein ergebnisorientiertes Denken. Ich verüble es ihm nicht mehr allzu sehr. Er ist in einer Generation mit Weltmachtambitionen aufgewachsen. Ich mit Magda.

Der erste Weltkrieg schien nicht nur Deutschland, sondern ihm selbst einen Minderwertigkeitskomplex verpasst zu haben. Ich dachte, seine Unerträglichkeit wäre nicht mehr zu steigern, aber ich wurde jedes Jahr aufs Neue belehrt und mit jedem Jahr wuchs meine Einsamkeit. Am Stärksten zu spüren war es in den Jahren 1937 bis 1939. Die Zahl von Hitlers Anhängern wuchs, die Zahl der Gegner schwand, genauso wie der Mut derer, die noch was sagten. Ich kam mir alleingelassen vor.

Ich war es auch. Meine Wut wuchs dennoch oder vielleicht genau deswegen.

Nachdem Hitler wochenlang aggressiv innenpolitisch die Rückkehr von Österreich ins Reich wollte und sich außenpolitische die

Appeasement-Politik Englands durchgesetzt hatte, marschierten am 11.3.1938 deutsche Truppen in Österreich ein. Es leitete den "Anschluss" ein. Das großdeutsche Reich entstand. In der Münchener Konferenz wurde dem deutschen Reich das Sudetenland zugesprochen, nur um einen Krieg zu verhindern. Ich glaube, in diesen Tagen hat mein Vater jeden Tag einen Orgasmus bekommen, wenn er die Zeitung aufgeschlagen hatte. Es war so nervig - Hitlers Torturen waren schlimm genug - und dann diese unglaubliche und vollkommen überflüssige politische Masturbation meines Vaters. Für Magda wurde es immer schlimmer. Mit jedem Tag. Mein Vater blickte sie an, als wäre sie Ungeziefer. Glücklicherweise sah er sie nur zweimal am Tag, morgens und abends. An den Wochenenden verschwand Magda freiwillig. Die ganzen Demütigungen hatten sie sehr mitgenommen. Ihr Gesicht war nicht mehr so, wie es früher war. Ihr selbstverständliches Lächeln war verschwunden. Das Lächeln, mit dem ich aufgewachsen bin. Mit dem sie jedes Mal meine Trauer weggezaubert hat. Ich versuchte, sie aufzuheitern. Es gelang mir immer wieder. Es kam mir aber jedes Mal vor, als würde sie versuchen, nur für mich zu lächeln. Ein Engel, sogar in ihrem Schmerz. Ich denke, dass ich ihr damals starken emotionalen Halt gegeben habe. Aber ich tat es aus reiner Selbstverständlichkeit, die sie zu würdigen wusste. Ich spürte es regelrecht. Mit jedem Blick. Mit jedem Atemzug. Einmal sagte sie zu mir, ich erinnere sie daran, dass sie noch ein Mensch sei.

Das hat mich unglaublich betrübt. Ich litt mit ihr. Aber sie ertrug das Leiden. Es war ihr Kreuz, das sie tragen musste. Ich hätte es ihr so gern abgenommen. Ich hätte es an ihrer statt ertragen. Was sie niemals zugelassen hätte.

Die Liste der Demütigungen war so unendlich lang. Es gab nahezu keinen Tag, an dem sie nichts zu ertragen hatte. Ich konnte für sie nur da sein. Mehr nicht. Das gab sein Übriges zu allem. Trotz alledem ließ sie sich nichts anmerken. Jedenfalls nicht anderen gegenüber, es war nur für sie erkennbar, dass ihr Lächeln künstlich und der Glanz in ihren Augen verschwunden war.

Eines Tages war ich in einer Buchhandlung und sah ein ganzes Bücherregal voll von Hitlers "Mein Kampf". Voller Verachtung öffnete ich es. Und schon auf der ersten Seite vertrat Hitler den Grundsatz "Gleiches Blut gehört in ein gemeinsames Reich" und er hat das deutsche Volk aufgefordert, "seine Söhne in einen gemeinsamen Staat zu fassen". Dieses Buch wurde im Dritten Reich jedem Ehepaar zur Hochzeit geschenkt.

Diese Ziele Hitlers waren in diesem Jahr so spürbar, dass man den Krieg fast riechen konnte. Jedenfalls von meinesgleichen. Von denen es viele gab, aber keiner etwas sagen konnte, ohne sein Leben zu riskieren. Also schwiegen wir. Eine ganze Armee, die nicht handeln konnte. Also tat es jeder für sich im Stillen. 1934 versuchte Hitler, in Österreich die Macht zu übernehmen: dieser Versuch schlug fehl, weil Hitler am Widerstand von Mussolini scheiterte. Dieser ließ italienische Truppen am Brenner positionieren. So gute Freunde waren die beiden dann offensichtlich doch wieder nicht. Hitler kompensierte diese für ihn ungünstige außenpolitische Lage dadurch, dass er 1936 die Achse Rom-Berlin gründete. Der Rest war dann eine Frage der Zeit. Der Druck auf Österreich wuchs immer mehr, so sehr, dass Österreichs Bundeskanzler Seyß-Inquart zum Innenminister ernennen musste. Am 1.3.1938 folgte ein "Hilferuf". Die deutsche Regierung wurde um Beistand zur Sicherung von Recht, Ruhe und Ordnung gebeten.

Innerhalb weniger Stunden marschierten deutsche Truppen ein. Viele Deutsche und Österreicher feierten. Ausländische Staaten protestierten lediglich. Was soll man außenpolitisch gegen einen Verrückten und ein Monster unternehmen? Mir fällt nichts ein.

An diesem Tag wusste ich, dass ein Krieg nicht mehr nur höchstwahrscheinlich war, sondern eine Frage der Zeit.

Ich habe damals ein gelbes Plakat gesehen, das mein Vater abends sogar mit leuchtenden Augen und vollkommen aufgeregt von der

Arbeit mitgebracht hatte. Auf gelbem Grund prangte ein roter Reichsadler. Er krallte einen Eichenkranz, in dem das Hakenkreuz war. In altdeutscher Schrift stand darauf: "Zug um Zug zerriss Adolf Hitler das Diktat von Versailles. 1933 Deutschland verlässt den Völkerbund von Versailles. 1934 Der Wiederaufbau der Wehrmacht der Kriegsmarine und der Luftwaffe wird eingeleitet. 1935 Saargebiet heimgeholt. 1936 Rheinland vollständig befreit. 1937 Kriegsschuld-frage feierlich ausgelöscht. 1938 Deutsch-Österreich dem Reiche angeschlossen. Großdeutschland verwirklicht. Darum bekennt sich ganz Deutschland am 10. April zu seinem Befreier Adolf Hitler. Alle sagen: JA!"

Als mein Vater reinkam, wusste er nicht, was er als erstes machen sollte: Seine alte Uniform anziehen oder meine Mutter küssen.

Ein freudiges und schreiendes "Sieg Heil!" erklang, als er herein kam. Und er war Jurist, die bekanntlich nicht allzu sehr in der Lage sind, ihren Gefühlen freien Lauf zu lassen, wenn sie nicht betrunken sind.

Ich sah Rita an, sie sah zurück und ohne ein Wort zu sagen, dachten wir das Gleiche und standen einfach nur auf, um das Esszimmer zu verlassen. "Wo wollt ihr denn hin?", fragte mein Vater in seiner Hochstimmung.

"Ich habe keinen Hunger", sagten wir beide gleichzeitig wie aus einem Mund und blickten uns ausdruckslos an. Wir hatten einfach keine Lust diese "Freude" zu ertragen. Es war klar, dass dies eine Lüge war. Aber von uns beiden hatte wirklich keiner Lust. Mein Vater war ein ganz normaler Mann, ein ganz gewöhnlicher Jurist, aber seine politische Anschauung konnte einem alles vermiesen. Er übertrieb es einfach. Das stand ihm buchstäblich ins Gesicht geschrieben. Aus seinem Kaiser-Wilhelm-Bart hatte er sich heute abend einen Charlie-Chaplin-Bart gemacht.

"Das ist alles nicht wirklich wahr!", dachte ich mir nur. "Das ist alles nur ein Alptraum! Ich wache gleich auf und wir schreiben das gute alte Jahr 1926. Ein jahrelanger Alptraum. Mehr nicht."

"Kneif mich bitte", flüsterte Rita von der Seite. "Das ist nicht wahr, oder doch?".

"Kneif mich bitte zuerst", antwortete ich leise.

Mit militärischen Stampfschritten ging er an uns beiden vorbei.

"Ach," schimpfte er und an mich gerichtet: "Aus dir wird eh niemals ein Mann". Rita lächelte er nur an und streichelte ihr Gesicht freudestrahlend und sagte dabei zärtlich: "du gehörst an den Herd. Politik ist nichts für Frauen". So dachten wir damals wirklich und bis in die 1960er Jahre war das weit verbreitet. Wir sind nicht mit der Emanzipation und Alice Schwarzer geboren. Traurig, aber wahr.

Wie auch immer. Marlene, die ständig Brave, schwieg nur. Sie würdigte niemanden eines Blickes. Magda stand nur da. Der neue Bart hatte ihr die Sprache verschlagen.

Nur meine Mutter fand Gefallen an dieser Veränderung. Ihre Loyalität und Liebe waren wirklich grenzenlos. Als ob sie die zuvor gesagten Worte nicht gehört hätte, fiel sie ihm als einzige euphorisch in die Arme, sah sich das Wahlplakat "liebevoll" an, blickte ihm in die Augen und sagte voller Stolz: "Du hattest wieder einmal recht."
Ich flüsterte Rita in meiner zynischen Art zu: "Jetzt fehlen nur noch die Streicher im Hintergrund!".

Mein Vater rief Magda in seiner überschwenglichen Art zu: "Mach den Esstisch fertig, Jüdin."

"Sie heißt, Magda.", sagte ich.

"Das weiß ich!", strahlte er mir entgegen. Wie sehr ich dieses Strahlen in diesem Augenblick gehasst habe. Dieses überglückliche Lachen, als ob er jemandem damit etwas mitteilen wollte. Leider begriff er nicht im Geringsten, dass mich keine seiner Botschaften interessierte. Es interessierte nur ihn selbst. Mit dieser Erkenntnis verflog mein Hass auch wieder schnell, weil er nicht einmal das verdient hatte.

"Offenbar nicht mehr. Sie hat einen Namen. Oder soll ich zu dir Christ sagen."

"Kannst du, aber Arier ist mir lieber."

"Wieso musst du immer alles übertreiben?"

"Und wieso kannst du nicht klar denken?"

"Als ob ich nicht klar denken könnte. Was kommt nach 1939? Deutschland erobert Lebensraum im Osten?"

"Warum nicht? Es gehört uns!" Seine Stimmung war unerschütterlich. Furchtbar.

"Friedrich, Rita geht ruhig. Wir essen heute zu zweit. Ich denke, heute darf ich politisch sein." Unsere Absprache hatte er wohl heute gebrochen. Unsere Absprache, dass wir nicht mehr über Politik reden wollten. Wir waren auch eine ganz gewöhnliche Familie, wenn man von Hitler einmal absah.

"Ist besser so", sagte ich und dachte sich jeder im Raum, außer mein Vater natürlich.

Schweigend verließen Rita und ich den Raum, wir wollten uns in den Garten setzen. Wir schüttelten nur mit dem Kopf und gingen dann raus. Kurz bevor wir draußen waren, hörten wir noch seine

Stimme: "Beeil dich, Jüdin!". Ich drehte mich sofort um, spürte aber den Griff von Rita an meinem Arm. Ich riss mich los von ihr. Sie griff erneut nach und sagte: "Nicht. Lass es. Es hat keinen Sinn mehr. Lass es. Magda wird damit schon allein fertig. Denk an das letzte Mal und die Male zuvor. Komm. Lass es einfach."

Ich holte tief Luft. "Ja, du hast recht. Es geht mir nicht um Hitler und Deutschland, es geht mir um Magda. Die Nazis können machen, was sie wollen."

"Das weiß ich. Mir geht es auch um nichts anderes. Aber du machst es nur schlimmer."

Ich sagte nichts mehr, wendete mich von meiner Wut ab und ging raus. Es wurde immer unerträglicher. Ich kochte vor Wut.

Das war der bittere Augenblick in dem mir klar wurde, wie arrogant wir alle sind. Wir nehmen uns selbst zu wichtig und diejenigen, mit denen wir unsere Standpunkte teilen. Alles andere ist dann nicht mehr beachtenswert. Einen Augenblick lang zweifelte ich an mir selbst, ob ich noch derjenige bin, der ich zu sein glaubte. Ich sprach zu einer Person, von der ich glaubte, dass ich sie kenne. Ich sprach zu einer Person, von der ich meinte, dass sie mir nah steht. Ich sprach zu einer Person in der festen Überzeugung, dass ich die "Wahrheit" sage. Aber selbst das gab ich auf. Denn die Sprache, in der wir zu einander sprachen, war durchzogen von dauerndem Unverständnis.

Es war genau diese Person, die ich in diesen Augenblicken hasste. Und nicht nur das allein, ich hasste sogar den Hass selbst. Die Wut, die Ohnmacht, dass dieser Mensch an Menschlichkeit nichts in sich trug. Rein gar nichts. Von meinem Standpunkt aus verblendet war.

Ich gab es einfach auf. Ich ließ es. Denn die andere Wahl, die andere Alternative, wäre das sinnlose Weiterführen dieser überflüssigen Darstellungen der Standpunkte. All das ist für sich allein genommen mehr als genug. Infiziert von einem Virus. Krank. Unverbesserlich und unmenschlich. Selbst zum Virus geworden ist und die eigene Krankheit damit entschuldigt, dass andere anders denken.

Wahrscheinlich hätte er mich zum Arzt geschickt für die Symptome der Krankheit, die er selbst hatte.

1938 war das Jahr, in dem der Teil meines Inneren gestorben ist, den ich versucht habe, so lange am Leben zu erhalten. Im Grunde niemals wirklich gelebt hat. Weil es eine Illusion war. Ich habe versucht, etwas zu respektieren, was meinen Standpunkt nur mit Füßen getreten hat.

Wir verhalten uns nicht besser als Tiere. Streng genommen sind wir nichts anderes, aber wie viel Raum bleibt uns dann für das, was uns zum Menschen macht?

Es ist die unnachgiebige und unerschütterliche Erkenntnis, an die man sich nicht gewöhnen kann und die einem mit jedem Atemzug immer wieder bewusst macht, dass über uns Menschen bestimmen, die uns belügen. Ohne ihre Lügen aber nichts sind. Und diese Art von Mensch weiß es besser als jeder andere, aber ihr unstillbarer Durst nach Macht in ihrer Lügenwelt endet niemals.

In all den Jahren bin ich mit jedem Tage innerlich ein Stück mehr gestorben. Das Eingeständnis, dass mein Glaube an ihn ein Irrtum war, war das erste Stück Sterben. Ich wusste es die ganze Zeit, er hat mir nicht einmal etwas vorgemacht. Er war an diesem Abend und in diesem Jahr wie er immer war. Aber in all der Zeit zuvor hat sich in mir etwas aufgebaut, dass so etwas nicht glauben wollte. Der tiefste innere Kern hat sich immer gewehrt. Das kann nicht sein. Das darf nicht sein. Immer wieder und wieder und wieder, wollte das Menschliche in mir das nicht akzeptieren. Ich habe meine Augen vor einer Wirklichkeit verschlossen, die im Grunde niemals anders war.

Die Macht des Verdrängens, oder des sich selbst Belügens, nennen Sie es wie sie es wollen, ist größer als man selbst jemals glauben kann.

Ich wollte es nicht und es schmerzt.

In diesem Sommer konnte ich keine wirkliche Freude empfinden. Mein Leben war wie ein schwarz-weißes Ölgemälde, das nur noch Grauschattierungen zuließ. Auch die kleinen Dinge verloren immer mehr an Wert. Das Wertvollste, was mir Magda geschenkt hatte - der Augenblick, in dem wir wirklich leben und nichts ist außer uns und dem Leben selbst - ertrank in diesem Meer der Lügen. Es war überall und ich wusste nicht mehr, was ich wann zu wem sagen konnte. Nicht einmal zu meinen beiden Schwestern, die immer wieder versuchten zu schlichten, und zwischen mir und meinem Vater zu vermitteln. Das erschütterte damals mein Vertrauen.

Außer zu Magda. Und ihr Lächeln, das ich beschrieben habe, nahm immer mehr ab und wirkte häufiger gezwungen.

Eines nachts, als ich wegen meiner Wut nicht schlafen konnte und mein Zimmer verließ, konnte ich ihre Trauer fühlen, sie war überall. Wäre ich an ihrem Zimmer vorbeigegangen, hätte ich sie sicherlich weinen gehört. Die Trennung von ihrem Freund, die ständigen und vorprogrammierten Demütigungen und dass immer mehr Teile ihres Lebens von dem Regime besetzt wurden, war geradezu als Trauer greifbar. Es war für Magda schon längst keine reine Politik mehr. Das ist einer der ganz wesentlichen Unterschiede. Unsere Jugend und die Generationen danach sehen und verurteilen diese Zeit mit einer Distanz. Vergleichbar mit einem grausamen Theaterstück, das sie nicht mögen. Wie Zuschauer. Magda war unfreiwillig darin gefangen. Man kann sich das nicht vorstellen, wenn man selbst nicht davon betroffen war. Eine Vorstellung bei der man alles dafür geben würde, um auf sie verzichten zu können.

Man wünscht sich immer das am meisten, was man nicht hat. In dieser Zeit wuchs mein Wunsch nach Menschlichkeit und ein Mindestmaß an Achtung für einen Menschen.

Ich habe sie niemals gefragt, was es denn nun war. Nicht weil ich es nicht gewusst habe oder sie nicht trösten wollte. Geschweige denn nicht trösten konnte. Nein, das war es nicht. Es war ihr Wesen und mein Respekt ihr gegenüber, diese Art der Trauer mit niemanden teilen zu müssen. Sie war stolz, ohne dabei hochmütig zu sein.

In dieser Zeit begann ein Teufelskreis. Er begann zunächst langsam, aber in diesem Jahr, das steht außer Zweifel.

Die Übertreibungen meines Vaters konnten unsererseits gut ignoriert werden, weil wir sie nur zu Beginn und zum Ende eines Tages erdulden mussten. Glücklicherweise hatte er auch unsere Familie und seine Kanzlei im Sinn. Die von mir früher so unerwünschte Banalität war höchst willkommen und ein Garant für Ruhe. Ruhe für Magda. Es hatte mir damals eigentlich gereicht und ich ließ es mir Magda zuliebe nicht anmerken, dass das Fass schon übergelaufen war. Soweit ich von Gewohnheit sprechen kann, hatten wir uns an diesen Zustand gewöhnt. Ich lernte nichts zu sagen. Von März bis November. Magda lächelte in dieser Zeit immer seltener. Es wirkte immer häufiger gezwungen. Es war nicht nur wegen meines Vaters. Vielmehr die bedrängende Entwicklung der Regierung. Sie hörte genauer hin, weil sie davon betroffen war, tat es aber als einfache Beschimpfung ab, die sie nicht an sich heran ließ. Ich kann mich noch gut erinnern, ihre Sorgen geteilt zu haben. Ironischerweise spendete sie mir mehr Trost, als ich ihr geben konnte. Wir redeten uns die Welt stetig schöner, schlimmer konnte es nicht werden. Aber das wurde es. In der Nacht vom 9. zum 10. November 1938 schlug die Stunde der sogenannten "Reichskristallnacht". In dieser schrecklichen Nacht haben SA-Truppen Gewalt gegen Juden angewendet und zerstörten dabei Synagogen, Geschäfte und Wohnhäuser. Schikanen gegen Juden wurden jetzt offiziell. Das, was im Stillen vor Jahren bereits begonnen hatte, wurde jetzt staatlich organisiert: Boykott jüdischer Geschäfte, gezielte Zerstörung von Existenzen, Verbot von Besuchen von Theater, Museen, Kinos, Schwimmbädern, bestimmter Parkanlagen und des Betretens des "deutschen Waldes".

In dieser Nacht vom 9.11.1938 brannte auch Hannover. Häuser, die noch von Juden bewohnt wurden, waren Ziel rechtsradikaler Anschläge. Ich rieche den stillen Geruch von verbrannten Häusern. In dieser Nacht wurde in der heutigen Landeshauptstadt Niedersachsens unerträgliches Unrecht getan. Es wurde alles angegriffen, was noch Juden gehörte. Zahlreiche von ihnen wurden angegriffenen und zusammengeschlagen. Der Staat machte sie alle vogelfrei. Straftaten wurden nicht geahndet. Es herrschte rechtsfreier Raum. Das Unrecht blieb bis heute ungesühnt. Magda hatte Angst und ich hatte Angst um sie. Ich ging in das Wohnzimmer, um sie zu beschützen. Für den Fall der Fälle. Das war der Zeitpunkt, mit dem ich seit langem rechnete. Meine Sorge war im Ergebnis unbegründet, weil ihr nichts geschah. Ich hätte sie mit meinem Leben verteidigt. All dieser Hass der Nazis schürte meinen. Nur mit dem Unterschied, dass ich nicht Teil dieses Staates war und niemals sein wollte. Ich wusste, dass sie nicht schlafen konnte. Um sie zu beruhigen, ließ ich meine Stimme hören und redete mit meiner Mutter, so dass sie es hören konnte. Ich bin überzeugt, dass meine Gegenwart sie ein wenig beruhigt hatte. Das war das mindeste, was ich für sie tun konnte. In dieser Nacht entschloss ich mich, mit Magda über ihre Auswanderung zu reden. Ich hatte all mein Vertrauen in diesen Staat verloren. Es konnte doch nicht sein, dass ein Mensch in Angst in einem Land, in seinem eigenen Land, lebt. Es konnte doch nicht sein, dass diese Menschen wie Tiere und Sklaven behandelt wurden. Alles, was für meine Seele unerträglich erschien, war Realität für diese Menschen. Es konnte nicht nur so sein, es war so. Jedesmal, als ich dachte, dieses Unrecht ist nicht mehr zu steigern, weil mir einfach die Vorstellungskraft fehlte, wurde es gesteigert. So auch an diesem Abend. Wobei ich dieses Ausmaß der Gewalt als Anlass genommen habe, ihre Flucht sorgfältig vorzubereiten. Es sollte unangekündigt geschehen, ohne irgendwelche Spuren. In die Freiheit. Jedes Leben im Ausland erschien mir besser als ein Leben in meiner Heimat. Ich wünschte es mittlerweile für mich selbst.

1939

1939 war das Jahr, in dem alles begann und damit meine ich nicht nur den Krieg. Ich kann mich noch an die Sylvesternacht erinnern, in der ich hoffte, dass in diesem Jahr für Magda alles besser werden würde. Tief in mir war etwas, das wusste, dass sich nichts bessern würde. Gar nichts. Es war eine der sich selbst erfüllenden Prophezeiungen. Ab dem 1.1.1939 mussten Juden einen weiteren Vornahmen annehmen. Männliche Juden David, und weibliche Juden Sara. Das wurde schon Wochen vorher angekündigt und gesetzlich festgeschrieben. Aber die frischen Erinnerungen an die "Reichskristallnacht" und die öffentlichen und staatlichen

Demütigungen bereiteten mir die größten Sorgen. Nun wurde dieser Name sogar im Pass eingeschrieben. Die Namen Sara und David sind schöne Namen, verstehen Sie mich nicht falsch. Aber sobald ein Personalausweis oder ein Pass notwendig wurde, war man der Willkür des Beamten ausgesetzt.

1939 war das Jahr, in dem der zweite große Krieg begann. Man hätte meinen sollen, dass Europa und Deutschland vom ersten großen Krieg gelernt haben sollten, aber das war nicht der Fall.

Alles begann mit Lügen und Geheimnissen, die erst nach dem Krieg veröffentlicht wurden. Beides war notwendig, um die Zustimmung einer breiten deutschen Masse zu gewinnen. Nur eine gefügige Bevölkerung war bereit, zu kämpfen. Dies war insbesondere wegen der aggressiven Propaganda notwendig. Zu keinem Zeitpunkt, zu dem Hitler agierte, war sein Hang zum Militär und sein Wunsch, Lebensraum im Osten zu gewinnen, ein Geheimnis. Um so wichtiger war für das Regime ein Vorwand.

Es begann im Geheimen. Die Nationalsozialisten, die mit den Bolschewiken nichts zu tun haben wollten und offiziell nicht mit ihnen in Verbindung gebracht werden wollten, schlossen am 23.8.1939 ein Geheimbündnis: den Hitler-Stalin-Pakt. Dies wurde geheim gehalten, weil Hitler andernfalls keinen Rückhalt in der Bevölkerung gefunden hätte und in den Reihen der Nazis auf den größten Widerstand gestoßen wäre. Außerdem wäre seine Glaubwürdigkeit in der Öffentlichkeit so rapide gesunken, dass man hierfür bis heute keine Vergleiche finden würde. Viel schwerwiegender als dieses Abkommen war die geheime Aufteilung des Staates Polen. Zur Verwirklichung dieses Abkommens und zur Ausweitung der Machtverhältnisse griff Deutschland am 1.9.1939 Polen an, welches innerhalb von 18 Tagen überrannt wurde.

Polen wurde dem Reich einverleibt und zum Generalgouvernement erklärt. Dieser schnelle Erfolg wurde von vielen Deutschen gefeiert. Die Bevölkerung war nicht mehr gefügig, sondern willens den deutschen Krieg zu führen. Die rote Armee überschritt die Grenzen Polens am 17.9.1939. Sie überrannte den Rest Polens in ähnlich kurzer Zeit. Der polnische Staat wurde innerhalb weniger Wochen aufgelöst. Die Appeasement-Politik Englands war gescheitert.

Wegen der Invasion deutscher Truppen in Polen erklärten Frankreich und England Deutschland am 3.9.1939 den Krieg. Diese beiden Länder hatten im Gegensatz zu Deutschland keine jahrelangen Kriegsvorbereitungen getätigt. Außerdem hatte das Deutsche Reich mit diesen Kriegserklärungen ohnehin gerechnet. Es war von Anfang an Teil des nationalsozialistischen Planes.

Mit dem Krieg gegen Polen begann auch der Krieg gegen die Juden innerhalb des besetzten Gebietes. Zur öffentlichen Kennzeichnung von Juden wurde der Judenstern in den besetzten Ostgebieten eingeführt. Dieser Stern öffnete jedem Tür und Tor, seiner Unmenschlichkeit freien Lauf zu lassen. Jeder, der diesen Stern trug, war der Willkür von Nazis und jeder anderen Person hilflos ausgeliefert. Im schlimmsten Fall durfte man diesen Menschen einfach und mitleidlos ermorden, ohne dass jemand für diesen Mord ein Strafverfahren eingeleitet hätte. Heute hätte dies eine lebenslange Freiheitsstrafe zur Folge. Damals wäre ein Strafverfahren wegen Mordes an Juden undenkbar.

Das waren aber bei Weitem nicht die ersten Unmenschlichkeiten, die in diesem Jahr begannen.

Hitler war von der Überlegenheit der Arier überzeugt. In dieses Weltbild passten körperlich und geistig behinderte Menschen nicht.

Deswegen wurde von 1939 bis 1941 das Euthanasie-Programm Hitlers durchgeführt. Dies führte zur Ermordung von 70.000 geistig und körperlich behinderten Menschen. Staatlich angeordneter Mord. Aber ich habe hiervon erst nach dem Krieg erfahren. Wie die breite Bevölkerung auch. Glauben Sie mir. Geduldet hätte das niemand.
In den uns zugänglichen Medien wie Zeitung und Radio wurden nur die Kriegserfolge dargestellt und gefeiert. Das Leben war wie immer. Jeder ging seiner Arbeit nach und lebte vor sich hin. Der Krieg war weit weg und es war keiner von uns so richtig betroffen. Die Sonne hörte nicht auf zu scheinen. Alles ging scheinbar seinen gewohnten Gang.

In diesem Jahr wurde Magda von meinem Vater endgültig entlassen. Wir trugen das alle mit Fassung, weil es absehbar war. Im Grunde hatten wir uns das alle schon ausnahmslos gewünscht. Ich warf mein Argument mit den Juden aus dem ersten Weltkrieg nicht ein. Es war schon alles vorbereitet. Marlene, Rita, Magda und ich waren uns in diesen einen Punkt alle einig. Besser ein Ende mit Schrecken, als ein Schrecken ohne Ende. Es war paradox.
Obwohl wir von den Schikanen meines Vaters nicht unmittelbar betroffen waren, waren wir über die Entlassung glücklicher als Magda.
Ich kannte sogar schon einen Ort, an dem wir Magda verstecken konnten, bis wir ihre Ausreise endgültig organisiert hatten. Meine Schwestern und ich wechselten uns so gut es ging immer wieder ab, um Magda Lebensmittel vorbeizubringen. Magda konnte in einem Dachgeschosszimmer in Hannover wohnen. Es war klein und sie ging selten hinaus. Wir brachten ihr Bücher, so dass sie ihre Zeit einigermaßen sinnvoll nutzen konnte. Magda selbst fiel erst jetzt auf,

wie viel sie gearbeitet hatte. Einmal gestand sie mir, dass es für sie nicht quälend sei, dass sie sich verstecken müsse. Was sie am meisten erdrückte und ihre Einsamkeit verstärkte, war der Umstand, dass sie nicht mehr arbeitete. Sie kannte nichts anderes mehr. Mit meinen Schwestern führte sie die Gespräche, die nur Frauen miteinander führten und mit mir führte sie ihre "Friedrich-Gespräche". Das waren Gespräche, die sie nur mit mir führen konnte. Trotz der Umstände kehrte das Leben in ihrem Lächeln wieder zurück, und mit diesem Zauber auch ihre Leichtlebigkeit und ihr Humor. Die Organisation ihrer sicheren Ausreise ging nicht gut voran. Ein Zwischenhändler wurde von der Gestapo überwacht und verhaftet.

Ich wusste nicht, wie weit die Gestapo diese Spur zurückverfolgte und ob unser kleines Netzwerk überhaupt noch sicher war. Wir entschlossen uns daher, etwas zu warten. Gerade weil ich Magda außer Landes bringen wollte. Ich war vorsichtiger denn je. Man weiß niemals, zu wem man spricht. In der Zeit, in der wir warteten, richtete sich Magda so gut es ging ein.

Sie schrieb Briefe an Albert, die er niemals lesen würde und kleine Gedichte über ihren Trennungsschmerz. Obwohl er Jahre zurücklag. Magda würde ihn wohl niemals vergessen können. Wahre Liebe hört niemals auf. Magda war uns unendlich dankbar, wir taten es gerne für sie. Meine Schwestern und ich hatten uns für Magda gegen die Welt verschworen. Es bereitete ihr Unbehagen, unsere Hilfe auf Dauer in Anspruch zu nehmen. Sie war eine erwachsene Frau, die zu recht ihr Mindestmaß an Würde für sich beanspruchen wollte. Sie sah sich in ihrer Selbstachtung verletzt, weil sie Hilfe von anderen beanspruchen musste, um überleben zu können. Meine Schwestern und ich sagten ihr aber, dass das für uns kein Problem ist. Magda hätte das Gleiche für uns getan. Ich hatte von ihr gelernt, dass jedes

Leben schützenswert ist. Als ich sie an die Spinne erinnerte, lächelte sie und wunderte sich, dass ich es nicht vergessen hatte. Sie bedankte sich damit, dass ich sie mit einer Spinne verglich. Was ich als Scherz auffassen sollte und dies auch tat. Dennoch, ich verstehe sie heute noch. Es ist irgendwann entwürdigend, wenn man dauernd auf die Hilfe anderer angewiesen ist. Mir wäre es sicherlich genauso gegangen. Aber es ging nicht anders. Es waren außergewöhnliche Umstände. Wichtig war nur, dass ihr nichts geschieht und dass ihr kein Haar gekrümmt wurde.

Der Tag, an dem Magda Deutschland verlassen konnte, rückte immer näher. Ich sah dem mit gemischten Gefühlen entgegen. Einerseits war ich enttäuscht, dass Magda nicht mehr in unserer Nähe sein würde. Ein Teil von mir würde fehlen. Ich würde ohne sie unvollständig sein. Aber andererseits war mir ihre Sicherheit so wichtig wie nichts anderes auf dieser Welt. Natürlich würde sie im Ausland von vorn beginnen müssen und wäre erst einmal auf sich allein gestellt, aber sie hätte das bewältigt. Ihre Menschenwürde wäre unverletzt und sie wäre nicht mehr staatlicher Willkür ausgesetzt. In einem Staat, in dem einzig und allein die Unberechenbarkeit des Staates berechenbar war.

Der Tag ihrer Flucht rückte immer näher. Bis er schließlich da war. Meine Schwestern und Magda verabschiedeten sich mit Tränen in den Augen. Keine von ihnen konnte tapfer bleiben. Die Mädchen drückten ihr Geld, zwei Briefe und einen Korb mit ausreichend Essen in die Hand. Magda wollte natürlich ablehnen. Aber die bittenden Blicke meiner Schwestern bewegten sie dazu, alles anzunehmen. Der Abschied fiel allen schwer. Meinen Schwestern ging es nicht anders als mir, es war, als würde man einen Teil von Ihnen wegreißen. Magda schien diese Situation am Besten zu bewältigen, obwohl man ihr drei Stücke ihrer Seele heraustrennen würde. Natürlich war sie es wieder, die meine Schwestern tröstete. Ihre Abschiedsworte Marlene und Rita gegenüber sind uns unvergesslich: "Alles hat einen Sinn. Sogar der traurigste Abschied. Das zeigt, wie schön die Zeit mit euch war und das zeigt aber auch, wie schön die Zeit mit euch wieder sein wird, wenn wir uns wiedersehen. Kein Lebewohl, sondern einfach nur bis zum nächsten Mal."

Ich wollte Magda persönlich bis zur Grenze bringen, um ganz sicher zu gehen. Ich nahm mir vor, sie wie ein Löwe zu verteidigen, falls es notwendig sein sollte. Ich gab mir diesen Auftrag selbst. Ich besorgte mir hierfür sogar eine Waffe.

Wir fuhren mit dem Zug von Hannover zur Schweizer Grenze. Abgesehen vom Schaffner wurden keine Kontrollen durchgeführt. Als wir jedoch in Hannover einstiegen, setzten sich zwei SS-Offiziere zu uns. Sie fragten, ob die Plätze neben uns noch frei seien. Mir blieb für den Bruchteil einer Sekunde das Herz stehen, Magda ging es wohl nicht anders. Ich antwortete mit einem kurzen: "Ja". Sie setzten sich zu uns und unterhielten sich über den Kriegserfolg in Polen. Sie waren begeistert von dem Vorgehen der Wehrmacht und von sich selbst. Die anfänglichen Erfolge waren aus ihrer Perspektive der Tatsache zu zuschreiben, dass sie Arier wären. Ich werde dieses Gespräch mein Leben lang nicht vergessen. Ich versuchte, so natürlich wie möglich zu bleiben, und zeitweise war meine Hand in meiner Tasche bei meiner Waffe, um zu schießen, falls dies notwendig werden sollte. Glücklicherweise wurde kam es aber nicht dazu. Sie waren viel zu sehr mit sich selbst beschäftigt. In Hildesheim stiegen die SS-Offiziere bereits aus. Sie verabschiedeten sich freundlich. Ich lächelte gezwungen, zu mehr war ich nicht in der Lage. Als der Zug wieder anrollte, sahen wir uns nur in die Augen und lachten erleichtert. Wir sagten nichts, wir lachten nur und schüttelten unsere Köpfe, die Anspannung fiel uns von den Schultern. Diese Zugfahrt bleibt mir immer unvergessen, schon allein weil es die letzten Augenblicke mit ihr waren. Tief in mir wusste ich, dass wir uns so schnell nicht mehr wiedersehen würden, aber ihr Leben und ihre Sicherheit waren mir tausendmal wichtiger als mein persönliches Befinden. Wir konnten sie nicht ewig verstecken. Es dauerte einen ganzen Tag, bis wir die Schweizer Grenze erreichten. Es geschahen keine nennenswerten Zwischenfälle mehr. Ich brachte sie bis zur Grenzkontrolle. Sie wurde von deutschen Soldaten bewacht.

Vor dem Grenzübergang habe ich sie das letzte Mal gesehen. Eigenartigerweise war ich nicht traurig oder hatte Tränen in den Augen. Mein Instinkt, sie zu beschützen, war zu stark. Ich umarmte sie, sagte zu ihr: "Bis bald."

Ihre Antwort war ein dankbarer Blick, ein letztes Lächeln, und ein: "Bis bald." Dann drehte sie sich um. Sie ging mit den gefälschten Papieren auf die Wachoffiziere zu. Ihre Bewegungen strahlten Mut aus. Ich stand da, wartete bis sie die Schweiz erreichen würde. Meine rechte Hand war auf meiner Waffe. Ich hielt den Atem an. Sie übergab den Wachmännern ihre gefälschten Papiere. Diese wurden kurz kontrolliert und mit einem Stempel versehen. Dann gab man ihr den Pass zurück. Es ging ungewöhnlich schnell und reibungslos dafür, dass Krieg in Deutschland herrschte.

Geschafft. Sie war auf der anderen Seite. Sie war in der Schweiz, in Sicherheit. Nur das zählte. Nichts anderes. Ich kann es spüren, als wäre es gestern, ich spürte, wie sich meine Hand entkrampfte und sich mein Griff an der Waffe langsam lockerte.

Ich winkte ihr zu, sie winkte lächelnd zurück. Sie drehte sich um und ging weiter. Gern hätte ich gewartet, bis ich ihre Silhouette nicht mehr sehen konnte, aber das wäre zu auffällig gewesen. Also drehte ich mich meinerseits um, und machte mich auf den Weg zurück nach Hannover.

Was ich danach spürte? Nichts. Oder so viel, dass ich alles abschaltete. Keine Freude, keine Trauer, nichts. Ich hätte mit jeder emotionalen Reaktion gerechnet, aber nicht mit dieser. Dann irgendwann auf der Rückfahrt, lichtete sich dieser innere Nebel ein wenig. Heute würde ich es als kalte Freude beschreiben. Es war mir wichtig, dass sie sich in Sicherheit befand, dieses Hauptziel hatte ich verwirklicht. Aber die Gesamtumstände und all das, was in den Jahren zuvor passiert war, ließen es nicht zu, dass ich vor Freude überschäumte. Später kochte in mir auch gewaltige Trauer auf, als mir klar wurde, dass ich sie so schnell nicht wiedersehen würde. Immerhin war ich immer bei ihr, solange ich denken konnte. Ich sollte aber zu diesem Zeitpunkt nicht wissen, dass ich sie nie wieder sehen würde.

In den darauffolgenden Tagen wuchs in mir immer mehr das Glücksgefühl darüber, dass Magda endlich in Sicherheit war. Den Verlust ihrer Gegenwart habe ich durch diesen Gedanken sehr schnell verschmerzt. Im Ergebnis war ich froh darüber, dass es ihr wenigstens nicht schlecht ging.

Sie hatte endlich eine ernstzunehmende Gelegenheit, ein menschenwürdiges Leben zu führen. All das Leid der letzten Jahre sollte für sie nun ein glückliches Ende finden. Sie sollte ein Leben in einem Staat führen, der sie in erster Linie als menschliches Lebewesen betrachtet und als solchen respektierte. Ihre Religionszugehörigkeit sollte von nun an nicht mehr das maßgebliche Kriterium sein, wie sie das

Gesetz behandelt. Tag für Tag stellte ich mir vor, dass es ihr gut ging. Dieses Gedankenkonstrukt war so zerbrechlich.

Es vergingen einige wenige Wochen bis mein inneres Kartenhaus fertiggestellt war. Aber so lange wie ich dafür gebraucht hatte, so sensibel war es und so schnell stürzte es in mir ein.

Ich erhielt eines Tages einen Brief ohne einen Absender. Es war Magdas Handschrift. Sie teilte mir mit, dass sie in der Schweiz festgenommen und den deutschen Behörden übergeben wurde. Und dass ich mir keine Sorgen um sie machen sollte.

Den Grund für ihre Festnahme teilte sie mir nicht mit. Diese Mitteilung ließ alles in mir zusammenfallen. Ich ging noch am gleichen Tag zu einer Behörde und erkundigte mich, was in solch einem Fall mit einer Person gemacht werde. Mir wurde mitgeteilt, dass Juden in einem solchen Fall in Gewahrsam genommen werden, wenn die Ausreise unrechtmäßig war.

Mir war sofort klar, was das bedeutete: Magda würde in ein Gefängnis gesteckt werden. Dies kam einem Todesurteil gleich. 1939 waren Konzentrationslager noch nicht gänzlich offiziell. Aber ich konnte es mir denken. Nach dem Krieg habe ich recherchiert und meine schlimmsten Befürchtungen sollten sich dann bewahrheiten. Sie fanden heraus, dass die Papiere gefälscht waren. Magda hatte dann noch ausgesagt, dass sie Jüdin war. Sie wurde in das Konzentrationslager Buchenwald deportiert. Dort starb sie.

Im ersten Augenblick spürte ich tiefe Trauer, der dann in blanken Hass umschlug.

Ich wollte ihr damals helfen. Ich wusste aber nicht, wohin sie gebracht wurde. Niemand wollte mir eine Auskunft geben. Meine Bestechungsversuche wurden abgelehnt. Ich war irgendwo zwischen

Hoffen und Bangen, irgendwo zwischen um jeden Preis Helfen-
wollen und nicht Helfenkönnen. Ich war hilflos und legte mich
regelrecht mit der Verwaltung an.
All meine Mühe war vergebens. Ich hatte versagt. Mein Schutz war
nicht stark genug. Ich hätte sie in die Schweiz begleiten sollen. Bis
heute mache ich mir Vorwürfe deswegen. Ich habe alles getan, was
in meinen Möglichkeiten stand und es war dennoch nicht genug. Ich
wollte hassen und ich wollte Rache, aber ich wusste nicht, gegen
wen ich es richten sollte. Mein Feind hatte keinen Namen, hatte kein
Gesicht, hatte kein Leben, das ich hätte zerstören können, um Magda
zu rächen. Ich selbst war mir in diesen Augenblicken mein größter
Feind. Am Liebsten hätte ich mich selbst zerstört. Gewissermaßen tat
ich das.
Sie sind deshalb so schwer in Worte zu fassen, weil ich nicht genau
weiß, womit ich anfangen soll. Dieser Feind in mir war gewissermaßen ein noch größerer und schwierigerer Feind, als mein Leben
im und gegen das Dritte Reich.
Äußere Umstände kann man bekämpfen, man kann Widerstand
leisten. Entweder man hat Erfolg, oder man hat es nicht. Aber etwas,
was in einem selbst ist, bekämpft und zerstört einen schleichend.
Man ist ahnungslos, dem ganzen Unbekannten ausgeliefert. Es ist wie
ein Schatten, der sich in einem ausbreitet.
Diesem Feind kann man nicht zurufen: "Ihr könnt mein Leben
nehmen, aber niemals meinen Willen, niemals meine Freiheit".
Wenn man Hass, den man in sich trägt, bekämpfen will, dann bekämpft man sich selbst. Wenn man sich dem Ganzen hingibt, hat
man schon verloren.

Wie soll Widerstand gegen sich selbst aussehen? Dass man krankhaft versucht, sich die Realität schön zu reden? Oder einen Optimismus an den Tag legt, der ungerechtfertigt ist? Nein.

Wie soll eine Niederlage gegen sich selbst aussehen? Dass man sich seinem Hass hingibt? Und zu einer Personifikation des Bösen und Schlechten wird? Dann wäre ich kein Stück besser als dieses System.

Dieser Hass hat sich von vielen Erinnerungen genährt. Allem voran der Verlust von Magda. Die unumstößliche Tatsache, dass sie niemals mehr bei mir sein würde. Die Enttäuschung meiner Hoffnung, dass sie woanders hätte glücklich weiterleben können.

Ihre unwiederbringliche Gegenwart. Die Enttäuschung. Der letzte Abschied. Ihre letzten Worte.

Ihre Festnahme in diesem Jahr setzte ich mit einem Todesurteil der Nazis gleich. Es überschattete alle guten Erinnerungen. Als wäre alles Gute in meinem Leben niemals gewesen. Meine Mühe, sie zu retten. Der vergebliche Versuch, sie zu aufzufangen, als sie gefallen ist. Meine ganzen Bemühungen, die wie Hände ins Leere greifen mußten. Mein Hass gegenüber denjenigen, die keinen Bezug zu ihrer eigenen Realität hatten und in ihrer Blindheit die Existenz anderer vernichteten. Schließlich war es meine eigene Hilflosigkeit, nichts mehr für sie tun zu können. Ein niemals enden wollender Schmerz. Als ich mich mit ihrem Tod abfand, starb der Rest meiner Seele, bis auf diesen Schmerz.

Gott, wie sehr wünsche ich mir, dass ich ihren Verlust nicht gespürt hätte und genauso so sehr wünsche ich mir, diesen Hass und diese Wut nicht zu fühlen. Aber es ist nun mal geschehen, die Dinge sind so verlaufen, wie sie verlaufen sind. Ich habe nach langer Zeit Trost in dem Gedanken gefunden, dass ich alles versucht habe, um sie zu beschützen und nichts unversucht gelassen habe, um ihre Flucht zu ermöglichen. In all den Jahren, nachdem ich meinen Trost gefunden hatte, konnte ich mir immer wieder in die Augen sehen, und ich habe mir kein einziges Mal die Frage stellen müssen, was ich alles dafür geben würde, um das Rad der Zeit noch ein Mal, ein einziges Mal, nur ein einziges Mal zurückzudrehen, um sie zu retten. Ich habe alles getan, was ich für sie tun konnte.

Und ich würde es wieder tun. Selbst wenn ich wüsste, es wäre vergebens.

Anfangs war dieser Hass allmächtig und allgegenwärtig in meinen Gedanken. Ich konnte ihn nur dadurch ausblenden und verdrängen, in dem ich noch mehr hasste. Ich gab mir keine Mühe es zu verbergen.

Mein Blick sagte alles. Er war kalt, stechend und gleichgültig. Er galt allen, den Passanten auf der Straße, den Kindern an Wegesrand und Verkäufern am Markt. Ich wollte die Konfrontation. Oder, zynisch gesagt, ich wollte die totale Konfrontation mit diesen Nazis.

Ironischerweise wollte aber niemand meinen kalten Zorn entdecken. Sie wichen aus. Beschränkten den Kontakt auf das notwendigste. Gaben meinen Weg frei. Dachten sich ihren Teil. Und das war es auch schon.

Dem Hass folgte eine große schmerzerfüllte Leere. Als wäre ich niemals mehr gewesen, als das, was so unerträglich erschien. Meine Gebete, diese Leere zu erfüllen, diesen Schmerz und dieses Leben zu vergessen, galten jedem. Erhört hat sie aber in jener Zeit nur mein Vater. Wissen Sie, für viele Menschen ist schon allein die Zahl der ermordeten Juden vom Vorstellungsvermögen nicht greifbar. Der Verstand begreift, es ist etwas unvorstellbar Schreckliches passiert und so etwas darf sich niemals mehr wiederholen. Aber glauben Sie mir, Sie würden diesen Wunsch noch lauter schreien, wenn Sie davon selbst betroffen wären und es selbst erfahren hätten. Wir erfahren viel zu wenig aus dieser Zeit.

Und jeder, der dies nicht erlebt hat, sollte dankend auf die Knie fallen und sich in aller Demut für sein Schicksal bedanken.

Um so wütender machte es mich, wenn ich mit Nazis gleichgesetzt werden würde.

Der Kampf gegen sich selbst, ist einer, dem man nur verlieren kann. Einer, in dem es keine Sieger geben kann.

1940

Der Krieg ging unerbittlich weiter. Deutschlands jahrelange Kriegsvorbereitung verschaffte ihm einen gewaltigen militärischen Vorsprung. In Europa kam es zu den Blitzkriegen. Dänemark wurde nahezu widerstandslos erobert. Die Niederlande konnten dem Zusammenspiel von Luftlandetruppen und den Panzerverbänden kaum etwas entgegenhalten. Nach vier Tagen, am 14.5.1940, mussten sie kapitulieren. Die Benelux-Staaten wurden innerhalb kürzester Zeit erobert. Bei Dünkirchen wurden 225.000 Engländer und 112.000 Franzosen eingekesselt. Aber sie wurden nicht getötet. Hitler ließ sie abziehen. Bis heute bleibt ungeklärt, warum der Rückzug zugelassen wurde. Diese Truppen konnten über See abtransportiert werden. Das war besser, als ein sinnloser Mord.

Deutschlands Ziel, autark zu sein, wurde erreicht. Englands Seeblockade gegen Deutschland blieb ohne Folgen. Deutschland brauchte für den Krieg aber Nickel. Es begann ein Wettlauf um Norwegen, den die deutsche Kriegsführung für sich entschied.

Am 14.6.1940 marschierten deutsche Truppen in Paris ein. Sechs Wochen später wurde die Niederlage Frankreichs im selben Eisenbahnwaggon und an gleicher Stelle im Wald von Compiègne unterzeichnet. Die "Schmach von Versailles" war nun getilgt. Hitler wurde als größter Feldherr aller Zeiten gefeiert.

Hitler bot England hieraufhin einen Friedensvertrag an, der aber abgelehnt wurde. Es begann die Luftschlacht um England. Das erste Mal seit dem Beginn moderner Kriegsführung wurde die zivile Bevölkerung das Ziel militärischer Gewalt. Das erste Mal starben Frauen und Kinder in Bränden und einstürzenden Gebäuden durch

Bomben. Das Ziel war es, die Moral der englischen Bevölkerung zu brechen. Die erhoffte Wirkung blieb aber aus. Das Gegenteil trat ein. Die Engländer leisteten erfolgreich noch mehr Widerstand, so dass die Luftschlacht um England für Deutschland im Laufe des Jahres als verloren galt. Der geplante Einmarsch von Bodentruppen in Großbritannien wurde zunächst verschoben und später vollends aufgegeben.

Frankreich wurde währenddessen in zwei Teile aufgeteilt. In ein von den Nazis beherrschtes und in ein unbesetztes Gebiet.

Ob sie es mir glauben oder nicht, zu dieser Zeit herrschte in Deutschland selbst relative Ruhe. Diese trügerische Ruhe überdeckte Deutschland von Kriegsbeginn an bis ins Jahr 1942. Im Land selbst tobte der Zweite Weltkrieg erst mit der Bombardierung der Städte durch die alliierten Streitkräfte. Uns wurden nur die Erfolge mitgeteilt.

In diesem Jahr hätten mein Vater und ich nicht unterschiedlicher sein können. In jeder Hinsicht. Ich vermied, so oft ich konnte, seine Gegenwart. Mein Vater war stolz auf die militärischen Erfolge. Die Schmach von Versailles war getilgt. Für ihn war es, als ob ein großes Unrecht wieder gut gemacht wurde. Es war für ihn, als ob Deutschland nun das bekommen hatte, was diesem Land schon immer zustand. Deutschland war wieder die Weltmacht, wie vor Beginn des Ersten Weltkrieges. Und all das war Hitlers Verdienst. Er war so unglaublich überschwänglich und ständig in stiller Euphorie. Meine Schwestern und ich teilten das nicht. Magda fehlte mir nicht nur, ihr Schicksal schürte in mir einen inneren Krieg. Ich verlieh diesem Zustand dadurch Ausdruck, dass ich mich zurückzog und in freiwillige Isolation begab. Mein eigenes Gefängnis. Bis auf die gelegentlichen Besuche meiner Schwestern und meiner Mutter war ich vollständig allein. Allein, aber nicht einsam. Ich teilte den Jubel der Masse nicht. Er war mir schon immer gleichgültig. Ich hatte den Ersten Weltkrieg nicht verloren. Ich war kein Kind des Kaiserreiches. So verbrachte ich ein Jahr.

Ich fühlte außer dem Schmerz des Verlustes und der tiefen Einsamkeit eine tiefe kalte Schuld in mir. Um es mit einem Bild zu beschreiben, kam ich mir vor wie ein kleiner, nackter und verkrüppelter Junge, der sein Dasein in einer Höhle tief unter der Erde zubrachte. Es war meine persönliche Hölle. Das Ertragen der Schuld, dass ich es nicht verhindern konnte, war unerträglich. Diese Schuld war erdrückend, so sehr, dass ich noch kaum atmen konnte. Aber irgendwann schlug meine Schuld in Hass um. Jedem gegenüber. Den gesichtslosen Mördern von Magda, den Nazis, meinem Vater und letztlich mir selbst gegenüber

In jedem einzelnen Augenblick dieses Jahres schrie ich innerlich. Ich war bereit, jeden Augenblick zu explodieren. Das war es auch, was ich wollte, aber niemand gab mir Anlass dazu, so sehr ich auch danach suchte. Meine Gebete, mir endlich einen Grund zu geben, nur einen einzigen Grund, dass ich all das, was ich fühlte, mit jemanden teilen wollte, wurden nicht erhört. Sie galten jedem, der an mir vorüberging.

Dennoch ließ ich mich nicht vollends gehen. Ich ging tagsüber meiner Arbeit nach, und abends half ich weiterhin Juden, Deutschland zu verlassen.

Wissen Sie, wenn ich heute höre, dass alle Deutschen damals Nazis waren oder dass ich mit den Nazis gleichgesetzt werde, so macht mich das wütend. Nicht mit dem Temperament, das ich damals hatte. Aber diese Worte kommen von Menschen, die damals nicht dabei waren. Diese Worte kommen von Menschen, die nicht alles wissen. Diese Worte kommen von Sonntagskindern, die niemals irgendetwas wirklich riskieren mussten. Diese Menschen reden über Hunger, ohne jemals echten, schmerzenden Hunger kennengelernt zu haben. Sie reden von Lebensgefahr und Verfolgung, ohne jemals um ihr Leben gefürchtet zu haben, ohne ein Teil einer Minderheit in diesem Land zu sein. Sie haben keine Ahnung. Sie sollten dafür auch dankbar sein. Denn jeder anständige Mensch, der nicht in dieser Welt, sondern in der Hölle des Dritten Reiches als Verfolgter lebte, hätte alles gegeben, um diese Zeit nicht erleben zu müssen.

Manchmal kommt es mir vor, dass das Leid, das das Regime den Juden zu Unrecht zugefügt hatte, auf uns wieder zurückfiel. Ich denke da nur an die Zerbombung von Hannover, Hamburg und Dresden. In denen Kinder und Frauen starben, die mit dem Ganzen nie etwas zu tun hatten. Der Zweite Weltkrieg war auch ein Krieg der unschuldigen Opfer.

1941

1941 wurden alle jüdischen Religionszugehörigen gezwungen, den Judenstern zu tragen. Das, was zunächst nur für die besetzten Gebiete galt, galt nun für das gesamte Reichsgebiet. Im Laufe der Kriegsjahre werden 5 Millionen Juden von deutschen Verfolgern ermordet.

Noch im selben Jahr wurde ein Auswanderungsverbot für Juden erlassen. Offiziell lebten noch fast 170.000 Juden im Reich. Das sie hier blieben geschah aus den verschiedensten Motiven. Diejenigen, die all die Jahre über die Schikanen und Erniedrigungen geduldet hatten, hatten alle ihre ganz individuellen und privaten Gründe. Nicht selten war es Liebe.

Deutschland war militärisch zu einem vorläufigen Höhepunkt gelangt. Aber wenn Menschen Macht haben, dann begehren sie früher oder später noch mehr Macht. Mit den Nazis war es nicht anders. Hitler tat das, was er zuvor mit Polen getan hatte. Er löste den Nichtangriffspakt mit der Sowjetunion auf. Auch dieser vertraglich gesicherte Frieden mit dem NS-Regime war nicht das Papier wert, auf dem er geschrieben stand. Am 22.6.1941 griff Deutschland sowjetische Truppen an. Wochenlang bereitete die Wehrmacht den Angriff vor. Die Sowjets reagierten nicht. Ganze Divisionen standen vor der Grenze zur Sowjetunion. Stalin hatte hiervon gewusst, und sogar als man es ihm mitteilte, wollte er es nicht glauben. Der Deutsch-Sowjetische Krieg begann.

Die ganze westliche Welt war nun in den Zweiten Weltkrieg verwickelt, bis auf die USA. Die USA waren schon lange nicht mehr neutral, sie versorgten die Alliierten mit kriegswichtigen Materialien. Aber als die USA Erdöllieferungen an Japan stoppten, griffen die Japaner den Flottenstützpunkt der Amerikaner im Pazifik an. Am 8.12.1941 starben in der Bucht von Pearl Harbor tausende von amerikanischen Soldaten. Amerika erklärte hierauf Japan den Krieg.

Deutschland erklärte auf diese Kriegserklärung daraufhin den USA den Krieg. Was bis heute kaum einer weiß: Es ging dem NS-Regime weniger darum, dass die USA die Alliierten mit Rohstoffen versorgten.

Nein, Deutschlands Kriegserklärung an die USA am 11.12.1941 erfolgte in der Hoffnung, dass Japan Russland den Krieg erklärt, um Russland in einen zwei Fronten-Krieg zu verwickeln. Russland sollte Truppen in den Osten verlagern, damit die Wehrmacht weniger Widerstand haben sollte. Diese Erwartung wurde von Japan nicht erfüllt.

Die Begeisterung meines Vaters fand ebenfalls einen vorläufigen Höhepunkt. Als Deutschland Polen überfiel, sagte er wohl zu meinen Schwestern, "jetzt zeigen wir es den Russen". Meine Mutter begann allmählich nicht mehr bedingungslos die guten Laune meines Vaters angesichts der militärischen Erfolge zu teilen. In ihr machte sich langsam die Sorge breit, dass ich auch eingezogen werden könnte. Mein Vater sprach ständig von "der neuen deutschen Größe". Es schien so, als würde meine Mutter davon nicht mehr begeistert sein, da keine Mutter ihren Sohn in einen Krieg schicken will. Mein Jahrgang wurde bereits auf die Kriegstauglichkeit geprüft. Die ersten Einberufungsbefehle wurden an junge Männer meines Alters geschickt. Zeitgleich wurden die ersten Todesanzeigen von ihnen veröffentlicht.

Unser Vater-Sohn-Verhältnis war wenigstens für meinen Vater wieder intakt. Es war einseitig. Für mich war überhaupt nichts mehr in Ordnung. Ich habe die Zahl der Gespräche mit ihm, die er paradoxerweise suchte, so gering wie möglich gehalten. Für mich galt so selten wie möglich und so oft wie nötig. Für ihn galt das Gegenteil. Die Sorge, dass ich eingezogen werden konnte, bestand bei ihm nicht. Denn mit dieser Streitmacht konnte mir nichts passieren. Ganz im Gegenteil, ich konnte als sein Sohn, als ein Teil der Familie Goßner, zum Triumph des Krieges beitragen. Ich habe dennoch nicht jedes Gespräch mit ihm vermeiden können. Jede einzelne meiner Silben war mit Hass und Wut erfüllt, mit einer Faust in meiner Tasche. Er konnte aber nicht zwischen meinen Zeilen lesen.

Den Anlass zum Streit, den Grund, explodieren zu wollen, verspürte ich in diesem Jahr nicht mehr. Es hätte Magda auch nicht zurückgebracht und sie hätte es ganz sicher nicht gewollt.

Meine Kriegseindrücke waren wie im Jahr zuvor. Ich teilte die Siegeseuphorie nicht. Die Mehrheit hatte sich mittlerweile an die ständigen Siege gewöhnt. Es wurde sogar gescherzt: "Welches Land haben wir diesen Monat erobert?" Meine innere Schuldzuweisung war immer noch in mir. Aber es gelang mir irgendwann, nicht jeden Tag an Magda denken zu müssen. Ich hielt sie in meinen Erinnerungen in Ehren. Ich ehrte die Zeit mit ihr, indem ich anderen Juden half. Ich achtete sehr darauf, nicht gefasst zu werden, da die Auswanderung der Juden mittlerweile verboten war. Die Gestapo war überall und man wusste niemals, mit wem man gerade wirklich sprach. Glücklicherweise wurde ich niemals verhaftet.

In dieser Zeit wurde in den Zeitungen nur das geschildert, was schon immer der Fall gewesen war. Alles, was dem NS-Regime diente: vorwiegend militärische Erfolge.

1942

Der 20.1.1942 ist einer der dunkelsten Tage in der Menschheitsgeschichte. An diesem Tag kam es zur Berliner Wannsee-Konferenz. Hierbei wurden Maßnahmen beschlossen, Juden systematisch zu vernichten. In "wirtschaftlicher" und "organisatorischer" Hinsicht.

Die deutschen Offensiven in Südwestrussland (Stalingrad, im Kaukasus) und Nordafrika schlugen nach anfänglichen Erfolgen fehl. Die Deutsche Wehrmacht kam zum Stehen.

Ungeachtet dessen begannen die Nazis ihr langangekündigtes Ziel des Lebensraumes im Osten zu verwirklichen. Es wurden erste Maßnahmen eingeleitet, den "Generalplan Ost" zu verwirklichen. Siedlungsraum für "Germanen".

Der Krieg war, wie im Jahr zuvor, noch relativ weit weg. Es gab Tage, an denen ich vergessen hätte, dass wir uns überhaupt in einem Krieg befunden haben, wenn die Kriegspropaganda nicht unausweichlich gewesen wäre. Die Trauer um Magda war weitgehend von mir gewichen. Meine Wut und mein Hass blieben dennoch. Von einigen psychischen Rückschlägen abgesehen, war ich emotional wieder stabil. Ich kompensierte das dadurch, dass ich mich mit Arbeit ablenkte.

Soweit der Krieg von uns auch entfernt war, passierte in unserer Familie im Gegensatz zum Krieg wenig. Bis sich eines Tages die stille Sorge meiner Mutter bewahrheitete und sich der geheime Wunsch meines Vaters erfüllte. Ich erhielt den Einberufungsbescheid. Meine Schwestern und meine Mutter hatten Angst um mich. Das wurde von meinem Vater mit einem einfachen "Papperlapapp" schnell abgetan. Er sagte nur zu uns: "Ich wünschte, ich wäre noch einmal so jung wie du. In Kriegen werden aus Jungen echte Männer gemacht und Helden geboren."

Ich wollte niemals ein Held sein.

Ich hingegen nahm meine Einberufung nicht mit Angst hin, sondern mit einer Mischung aus Gleichgültigkeit und gelassener Zynik. Ich sagte es bis heute keinem, aber mein erster Gedanke und meine erste Reaktion auf meine Einberufung war: "Vielleicht ist es besser, erschossen zu werden, als in diesem Land weiter zu leben, in dem die Menschlichkeit vom Wahnsinn verdrängt wurden."

Bevor ich in den Osten versetzt wurde, erhielt ich eine Grundausbildung. Diese Zeit habe ich weitgehend verdrängt. Ich möchte dazu auch ungern erzählen.

1943

Nach vielen monatelangen Kämpfen und langem Ausharren kapitulierte die Sechste Armee Deutschlands in Stalingrad am 31.1.1943, wodurch die Wende der deutschen Kriegserfolge eingeleitet wurde. Die Antwort der Nazis auf diese Niederlage war keine Antwort neuerer Art. Goebbels rief alle Deutschen am 18.2.1943 zum totalen Krieg auf. Mehrfach rief er die Zuhörer seiner Rede auf, ob sie den totalen Krieg wollen. Alle riefen "Ja!" Das war ein Wunsch, den die meisten noch bereuen würden.

Am selben Tag am fiel das letzte Flugblatt der Geschwister Scholl. Sie wurden in kürzester Zeit in München gefunden und sofort hingerichtet.

Ich habe für mich festgestellt, dass der Glaube der Ursprung allen Lebens ist. Ich meine damit Glauben, gleich welcher Motivation er entspringen mag. Der Glaube an Gott, der Glaube an sich oder an etwas, was jeder für sich für heilig erklären mag. Wer nichts hat, woran er glauben und hoffen kann, hat nichts, wofür er kämpfen kann. Diese Ausdauer, diese innere Einstellung kann alles verändern, Berge versetzen. Ein wahrer Kämpfer stirbt nicht mit dem Tod, er stirbt in und mit dem Augenblick, in dem er nicht mehr weiß, wofür er kämpfen soll, wenn er an nichts mehr glaubt.

Worte, die heroisch klingen, aber nichts wert sind, wenn man an sie nicht glaubt und dafür lebt. Das ist der Stoff, aus dem Helden gemacht sind. Sie haben ihre Hoffnung und ihren Glauben an die Menschlichkeit niemals aufgegeben. Sie hatten Kant´s Theorie "Sapere Aude" wirklich gelebt und nicht nur gedacht. Ohne sie wäre das Ausmaß des Unrechts, das den Juden zugefügt wurde, noch größer. Hätte es diese Art von Deutschen nicht gegeben, so hätte ich dieses Buch niemals geschrieben. Es steht außer Zweifel, dass das Ausmaß des Leids unerträglich war. Es steht außer Zweifel, dass dieses Unrecht niemals wieder geschehen darf. Es steht auch außer Zweifel, dass die Zahl derer, die weggeschaut haben, viel zu groß ist. Aber das ändert nichts an der Zahl derer, die dieses Unrecht nicht tatenlos hingenommen haben. Unter Einsatz ihres Lebens, so wie die Geschwister Scholl. Sie sind zu jung gestorben. All die Gesetze, die Juden und Andersdenkende systematisch ausgegrenzt und vernichtet haben, haben nicht verhindern können, dass sich viele dagegen gewehrt haben. Von Kopf bis Fuß dieses Staates.

Diesen Menschen ging es nicht darum, eines Tages als Helden glorifiziert zu werden. Es ging ihnen nicht um Ehre oder Geld. Es ging ihnen nicht darum, sich gezielt gegen den damaligen Staat aufzulehnen. Es ging ihnen einzig und allein darum, dieses Unrecht nicht hinzunehmen. Selbst wenn es im Kleinen war, es waren dennoch Hoffnungsschimmer, die niemand zum Erlöschen bringen konnte. Selbst in der dunkelsten und finsteresten Zeit gibt es immer einen Schimmer, der ewig brennt und um so heller und stärker, je mehr diese Finsternis scheinbar Überhand gewinnt. Alles begann mit Hoffnung und Glauben. Solange es Menschen gibt, wird es diese Art von Widerstand geben. Davon bin ich überzeugt. Daran will ich erinnern.

Es mag sein, dass Bestien diesen Staat regiert haben. Es mag sein, dass diese Bestien anderen das größte denkbare Unrecht zugefügt haben. Es mag sein, dass dieses Unrecht niemals vergeben werden kann. Und das soll es auch nicht. Aber unter all jenen Bestien, die das alles unterstützt oder weggesehen haben, gab es Menschen, die Herz hatten. Ein Herz mit einem Licht, das niemals vergessen werden darf. Und auch das ist ein deutsches Gesicht im Dritten Reich gewesen. So wie die jungen Gesichter der Geschwister Scholl. Sie haben ihr Leben verloren, aber niemals die Treue zu sich selbst.

Heute ist es zum Glück undenkbar, dass Menschen in diesem Staat hingerichtet werden, weil sie ihre Gedanken auf Flugblättern zum Ausdruck bringen. Das, was für uns in Form der freien Meinungsäußerung so selbstverständlich ist, war damals im Negativen genauso undenkbar. Im Selbstverständlichen liegt der Tod aller Grundrechte. Wir sollten und dürfen niemals vergessen, dass diese Rechte Deutschland nicht in die Wiege gelegt wurden und dass diese Ereignisse nicht all zu lang her sind. Unsere Rechte wurden mit dem

Blut derer geschrieben, die bereit waren, ihr Leben für etwas zu geben, von dem wir heute nicht mehr träumen brauchen: Freiheit.

Die ersten amerikanischen Truppen landeten am 10.7.1943 in Italien, woraufhin Mussolini in Italien gestürzt wurde.

1943 war das Jahr, in dem ich innerlich zu sterben begann. Ich führte meine Befehle aus. Ich habe geschossen, um nicht erschossen zu werden. Dann und wann, wenn ich es für richtig und für moralisch angemessen hielt, führte ich die Befehle nicht aus. Ich war zerrissen zwischen der Moral und den Umständen. Irgendwie zerfiel das, woran ich so lange geglaubt habe, bis ich einen Punkt erreichte, an dem ich absolute Klarheit hatte.

Ich starb innerlich, weil ich den Eindruck hatte, für das Regime zu kämpfen, das für den Tod Magdas verantwortlich war. Ich habe an einigen Tagen dafür meinen Tod gesucht. Ich wollte regelrecht sterben. Aber es gelang mir nicht.

Mir ging es, wie vielen Soldaten in dieser Zeit, die keine Nazis waren. Uns erschien es unmöglich, Hitler und Deutschland Loyalität zu schwören. Es war ein innerer Widerstand. Wir verteidigten unser Land, aber nicht die Nazis, auch wenn sie uns die Befehle gaben. Wir versuchten, soweit es ging, nicht zu Tieren zu werden. Jeder, der um sein Leben gekämpft hat, weiß dass es in diesen Augenblicken um Sein oder Nichtsein geht. Jede politische Ideologie ist in diesem Augenblick irrelevant. Im gesamten Tierreich hat keine Gattung seine Artgenossen in so großer Zahl getötet wie der Mensch. Ich sage, dass uns die Möglichkeit hierzu eher zu primitiveren Wesen macht.

Nichtsdestotrotz setzte bei mir ein Wandel ein. Ich begann, patiotisch zu werden. Ich entwickelte meine eigene Ideologie. Ich habe für diejenigen gekämpft, die genauso unschuldige Opfer des NS-Regimes waren wie Magda. Dennoch musste ich es mir immer wieder vor Augen halten, wenn ich nicht im Einsatz war. Ich musste mich immer wieder selbst davon überzeugen, weil ich im selben Atemzug auch Nazis verteidigte, die ich verachtete und hasste. Dieser Konflikt dauert bis zum heutigen Tage immer noch in mir fort.

1944

Die Wende des Krieges war nun besiegelt. Am 6.6.1944 landeten die Alliierten in der Normandie. Die Invasion war erfolgreich. Deutschland befand sich von diesem Tage an in einem Zweifrontenkrieg, der um jeden Preis vermieden werden sollte. Der Atlantikwall zerbrach. Die Mehrzahl der Deutschen an der Ostfront, etwa drei bis vier Millionen konnten nicht einfach abgezogen werden, so dass einige Zehntausend deutsche Soldaten den Angriff der Alliierten im Westen aufhalten sollten. Aber die endlose Offensive der Deutschen im Osten war schon längst beendet. Kleinere und vereinzelte Siege der deutschen Wehrmacht wurden durch größere und zerschmetterndere Siege der Roten Armee beantwortet. Die Zahl derer, die den Krieg verloren glaubten, wuchs mit jedem Tag. Die Ideologien der Herrenrasse und des Endsieges teilten nur noch die glühenden Anhänger Hitlers. Der Widerstand wuchs, sogar in den eigenen Reihen.

An dieser Stelle verdient Carl Graf von Stauffenberg eine besondere Erwähnung. Er war, was viele gerne verdrängen, jahrelang glühender

Anhänger Hitlers. Er glaubte an die Überlegenheit der deutschen Herrenrasse. Die Entwicklung des Krieges brachte ihn aber zur Besinnung. Er wich von Hitlers Seite ab. Er plante einen Attentatsversuch, der allerdings am 20. Juli 1944 fehlschlug. Hitler überlebte den Anschlag. Der geplante Staatsstreich misslang ebenfalls. Carl Graf von Stauffenberg und die Verschwörer um ihn herum wurden auf der Stelle hingerichtet.

Seelenasche. Es blieb von mir nur Seelenasche übrig.

Was geschehen ist, begreift und versteht niemand so recht. Ich muss nicht alles verstehen. Ich kann nicht alles verstehen. Ich will nicht alles verstehen. Der Krieg. Das Kämpfen. Das Töten und das Sterben. Der Tod, der sich zu jeder Gelegenheit selbst und unaufgefordert einlädt. Und doch, mein Herz hat sich geweigert, das alles hinzunehmen. Ich habe einen Befehl verweigert und mehrfach daneben geschossen. Bis die armen Kerle begriffen haben, dass sie fliehen sollten. Sie fürchteten sich. Flüsterten, weinten es klang wie beten und flehen zugleich.

Aber sie mussten das nicht. Nicht zu mir, zu mir brauchten und sollten sie nicht beten. Irgendwann liefen die armen Kerle los. Ich wollte das nach all den letzten Wochen nicht tun. Direkte Befehlsverweigerung. Jeder kann sich denken, was das mit sich bringen würde. Aber ich war fest entschlossen, eher meinen eigenen Tod in Kauf zu nehmen.

Ein Ziel ist erreicht, ich habe Menschenleben gerettet. Bereits einige Jahre zuvor hatte ich erkannt, dass dies mein Weg ist. Fast hätte ich vergessen, ihn weiter zu beschreiten.

Diese Welt zerreißt alles wirklich Gute und alles wirklich Schlechte in Stücke. Das Mittelmaß ist für die meisten interessant, nicht für mich, insbesondere für mich nicht.

Wenn man zu schwach ist, wird man zerquetscht wie eine Made, wie ein Wurm. Ist man stärker als andere, wird man herausgefordert. Bis einer da ist, der noch stärker ist. Man muss sich dem stellen. Nur eine Frage der Zeit. Unerkannt bleiben aus Bequemlichkeit, jedem Befehl gehorchen oder ist es nur die Angst vor sich selbst? Ja, ist es.

Was man auch tut, in dieser Situation ist die eine Handlung die Angst vor dem Befehl und die andere Möglichkeit, die Angst vor dem letzten Stück des menschlichen Herzens, das noch schlägt.

Eine schöne, bessere Welt würden wir nur noch suchen, das stand für mich in diesem Augenblick außer Zweifel. Eine Gewissheit kälter als jede sibirische Winternacht.

Es waren nicht die anderen, die diese Narben hinterlassen haben. Es waren nicht die anderen, die mich im Stich gelassen haben. Es war kein anderer, der diese Ruine meiner Hoffnungen geschaffen hat.

Ich war es ganz allein.

Ich habe niemals zugelassen, dass etwas heilt. Ich habe mich selbst im Stich gelassen. Und diese Ruine selbst zerstört. In all der Zeit des Krieges, war ich es und niemand sonst. Aber in diesem Augenblick der Befehlsverweigerung habe ich, was immer es sein mag, gerettet. Ich war zerrissen zwischen dem Bewusstsein, Menschen das Leben geschenkt zu haben und den letzten Wochen und Monaten des Krieges. Dieses letzte Stück Menschlichkeit machte mir die Unmenschlichkeit des Ganzen bewusst. Am Liebsten hätte ich mir selbst das Leben genommen, um nicht Teil des Ganzen zu sein. Zu fliehen. Wie es einige getan haben. Mit dieser bitteren neuen Einsicht. Mit dem festen Entschluss den bitteren Rest niederzureißen. Damit nichts mehr bleibt, außer meiner Überreste, letzte organische Erinnerung, wer und was ich war. Etwas wirklich Gutes wird durch etwas wirklich Schlechtes nicht nur in Stücke zerrissen, sondern zu Staub verwandelt.

Weil ich ein Teil dieser Welt bin, nur ein Teil dieser Welt.

Irgendwie, immer wieder mich selbst zerreiße.

Gegen Ende 1944 war es meine Aufgabe, deutschen Kriegsflüchtlingen zu helfen. Frauen und Kindern, die alles aufgeben mussten und um ihr Überleben kämpften; ihre Heimat aufgaben.

Ich wurde im November angeschossen. Fast war ich dankbar dafür, nicht, damit ich nicht an die Front musste, sondern weil ich dem Tod näher sein wollte. Auch dieser Wunsch blieb unerfüllt. Ich wurde in ein überfülltes Kriegslazarett gebracht. Nachdem ich wieder laufen konnte, bekam ich eine Sondergenehmigung für ein paar Tage Fronturlaub. Gegen Ende des Krieges wurde Fronturlaub regelmäßig abgelehnt, weil jeder Mann gegen die sowjetische Übermacht gebraucht wurde. Alle kämpften ums Überleben. An der Front gegen den erklärten Feind, hinter der Front gegen Bomben und gegen den Hunger.

Ich fuhr nach Hannover zu meiner Familie zurück. Die gesamte Stadt war zerbombt. Ich hätte fast den Weg zu mir nach Hause nicht mehr gefunden, weil alles in Schutt und Asche lag. Wie durch ein Wunder war unserem Haus nichts geschehen. Als ich unser Gartentor durchquerte hörte meine Mutter ganz laut "Friedrich!" rufen. Sie lief mir mit Tränen in den Augen entgegen. Vollkommen erleichtert, dass ich noch am Leben war. Glücklich darüber, dass ihre Gebete erhört wurden. Sie hätte mich fast erdrückt. Ihre Tränen hörten nicht auf. Dann bemerkte ich, wie mein Vater das Haus verließ, mir entgegenkommend. Er war stark gealtert und sah gebrochen aus. Dann geschah etwas, was ich für unmöglich hielt. Er nahm mich in seinen Arm und begann zu weinen: "Es tut mir so leid, es tut mir alles so schrecklich leid, du hattest recht, du hattest mit allem recht." Ich war wegen des Todes von Magda und seinen Demütigungen ihr gegenüber zu wütend auf ihn. Ich konnte ihm nicht verzeihen. Es würde nichts ungeschehen machen.

Ich sagte nichts. Ein innere Versöhnung mit ihm war mir zu diesem Zeitpunkt nicht möglich.

Die Narben des Krieges waren zu tief in den letzten Resten meiner Seele eingebrannt. Ich war Soldat und Offizier. Jetzt bin ich Veteran. Alles, was übrig bleibt, ist ein bitterer Rest von etwas, was ich als Menschlichkeit bezeichnen würde. Die Menschlichkeit, die ich immer versucht hatte, mir zu bewahren. Was blieb, waren Erinnerungen. Erinnerungen an die Zeit vor dem Krieg und Erinnerungen an die Zeit des Krieges.

Was haben mir all diese Erinnerungen denn so Großartiges gebracht, außer dass meine Verbitterung noch vertieft wurde. Die Leidensfähigkeit jedes Menschen ist begrenzt. Es ist so einfach, von außen einen gut gemeinten Rat zu geben, oder zu glauben, dass man mitfühlt. Aber die Wahrheit ist ganz anderer Art. Es ist eine Hölle und man findet seinen einzigen Ausweg nur, indem man vergibt. So paradox es auch erscheint, aber ich habe zu denjenigen gehört, die darauf liebend gern verzichtet hätten. Ob ich die schlechten Menschen der letzten Jahre verachte? Die Grundlage meiner Beurteilung eines "schlechten Menschen" ist im Wesentlichen dadurch geprägt, dass diese Fortentwicklung primatenhaften Daseins genannt Mensch, anderen ihrer Art vorsätzlich und mit Freude Schaden zufügten und Genuss daran fand, so finde ich nur eine fragende Antwort:

Aber sicher doch, wen denn sonst?

Und ich bedauere nur eines: nicht schon zu einem früheren Zeitpunkt zurückgeschlagen zu haben.

Gerechtigkeit schien mir in dieser Zeit Luxus oder eher Wunschdenken. Selbstgerechte Menschen glauben an ihre eigene Unfehlbarkeit. Ich weiß, dass ich auf mich allein gestellt war und mein kompromissloses Entgegenhalten mir aus allem rausgeholfen hat. Es war damals ein vielmehr eine Theorie, wenn nicht es eine handvoll derjenigen gegeben hätte, die nicht nur die Kraft, sondern auch den Mut gelebt hätten.

Oft habe ich an mir selbst gezweifelt, ob mein Hass und meine ganze Wut mich nicht zu einem schlechten Mensch gemacht haben. Das ist eher eine moralische und philosophische Frage. Ausgehend von meiner Definition sage ich: nein.

Hass und Wut sind ohne Zweifel keine positiven Zustände, und etwas Schlechtes mit etwas Negativen zu bekämpfen, macht keinen Sinn. Aber dies ist der Schall dessen, was in den Wald hineingerufen worden war und diejenigen getroffen hat, die sich permanent hinter dieser Redewendung versteckten. Selbst ständig provozierten, Gott spielten und von eigener Perfektion ausgingen. Aber wo war dann ihre unermessliche Gerechtigkeit gewesen, als alles begann? Wo ist denn diese Güte derer, die meinen, Gott zu sein und über alles zu urteilen, als vor acht Jahren das erste Mal wissentlich Unrecht getan wurde?

Wo war auch nur einer der jetzt Urteilenden? Nachdem alles zerstört wurde?

Jedes Kind hätte erkannt, dass vieles nicht passieren durfte.

Aber es ist passiert. Und es geht mir nicht um die Diskussion, oder um das Rechthaben, es geht mir um die Zeit, die mir geraubt wurde, es geht mir das um Leid und das Unrecht, dass zugefügt wurde. Und irreparabel ist.

Ich sage Ihnen etwas: Sie würden es auch wieder tun.

Ich bin weiß Gott kein Freund absoluter Urteile, aber die Prozesse in der Nachkriegszeit haben meine Wut für den Augenblick gestillt. Oft habe ich gehört, das geht zu schnell, das alles ist zu einfach. Angesichts der fehlenden Alternativen "gerechterer" Urteile war es sachgerecht.

Irgendwann habe ich selbst für meinen Seelenfrieden erkannt, dass eine Auseinandersetzung mit dieser Thematik paradoxerweise mich meinem erhofften inneren Frieden nicht näher bringt. Es hätte meine verlorene und unwiederbringliche Lebenszeit weiter unnötig verschwendet.

Die Lösung war eine ganz andere. Gute Erinnerungen. Jene, die mit dem Dritten Reich überhaupt nichts zu tun haben. Es waren nur

Nazis. Was heute als Beleidigung gilt, war damals der Garant für ein berufliches Aufsteigen und in der Anfangszeit war es nur sozialer Massenmord, der im tatsächlichen endete. Diese "Menschen" rühmten sich damit.

Irgendwann tat sich mir ein Ausweg auf, nachdem ich selbst die Suche danach aufgegeben hatte. Ich bemerkte, dass das einfache Leben, das überhaupt keinen Bezug zu allem hat, den Hass löscht, die Wut mildert und Raum für Neues zulässt. Sicherlich, es war nicht immer möglich. Anfangs waren es nur vereinzelte Augenblicke, die ich erst Tage später bemerkte. Aber allein diese kleinen Oasen gaben mir genügend Kraft und über allem stehend, gewann ich meine totgeglaubte Hoffnung zurück.

Hoffnung ist so unglaublich wichtig. Wenn diese stirbt, ist man wirklich tot, noch bevor das Herz aufhört zu schlagen. Etwas, das die Sonntagskinder der heutigen Zeit eher zu einem Lachen animiert als zu Verständnis.

Es mag zwar sein, dass Gerechtigkeit in diesen Zeiten in diesem Land eher eine Ausnahme war, aber letzten Endes trotzdem möglich wurde. Eine übergeordnete Gerechtigkeit, die eingreift, wenn alles erdrückend wird. Selbst wenn man sich in einem Labyrinth von Intrigen, Lügen, Feigheit und Verrat bewegt, irgendwann kommt der Augenblick, in dem es zusammenfällt. Auch das Schlechte.

Dieses Zusammenfallen von allem hat mir eines bewiesen: Ich bin anderer Natur. Weil ich keinen Spaß empfunden habe. Ich war froh, dass alles vorbei war.

Vergeben?

Nein. Ich bin weder göttlich, noch ein Engel.

Vergessen?

Auch nicht.

Ich wollte in der Zeit danach mit niemandem etwas zu tun haben, der mich in irgendeiner Weise an einen Nazi erinnerte. Am Liebsten hätte ich das Land für immer verlassen. Mich selbst vergessen. Aber das waren nur stille Wünsche.

Ich war auf mich allein gestellt, jahrelang konnte ich niemanden vertrauen. Unter Nazis nicht mehr allein zu sein, setzt voraus, selbst einer zu werden, aber dann hätte ich mich selbst aufgegeben. Wir wissen, wie die Geschichte zu Ende ging und ich bin froh, niemals einer geworden zu sein.

Es ist ein gedanklicher Teufelskreis, aus dem es keinen echten und erlösenden Ausweg gibt. Die einzige Möglichkeit, diese Verbitterungen zu durchbrechen, ist nur das Leben selbst. Letzten Endes habe ich mich selbst hineinmanövriert. Die Ursachen lagen bei den Nazis.

Der erlösende Ausweg liegt im Leben selbst. Wenn ich mich ständig damit auseinandergesetzt hätte, wäre ich innerlich immer noch da, wo ich damals war. Und selbst wenn die Alliierten diesen Krieg zehn Mal gewonnen hätten, ich wäre innerlich noch immer in diesem Gefängnis. Aber diesen Sieg wollte und konnte ich den Nazis nicht gönnen. Sicher, so wichtig war ich nicht, weil meine Geschichte auch nur ein Einzelschicksal ist. Aber es waren Millionen von Einzelschicksalen. Genau diese Art zu denken, hat alles möglich gemacht. Hass und Verbitterungen gegen Hoffnung und Leben.

Ich kann ruhigen Gewissens sagen, dass Jahre meines Leben absichtlich zerstört wurden. Mit der gleichen Gelassenheit sage ich, dass dadurch lange Zeit der Begriff Hoffnung aus meinem Wortschatz gestrichen war. Es blieb nur Raum für Hass und Verbitterung. Als mir das aber klar wurde, wurde mir auch bewusst, dass ich kein Stück besser war als ein Nazi. Die ihren Selbstwert nur auf diesen Komponenten aufbauen konnten.

Ich wollte mich dem aber niemals hingeben oder sogar aufgeben. Zu diesem Zeitpunkt, so schien es mir, hätte es auch keine Zukunft gegeben, für die es sich lohnt, zu leben. Es erschien alles ausweglos. Ich stand allein einer Übermacht gegenüber. Die Alternative zum Aufgeben war weitermachen. Aus der damaligen Perspektive hätte mir jeder gesagt, dass meine Entscheidung zu kämpfen, Irrsinn ist und dass ich zufrieden sein solle. Aber es war allein nur das Unrecht, das Magda zugefügt wurde.

Es waren die Lügen von allen. Es war der Beifall der Allgemeinheit für etwas, das offensichtlich schlecht und unmenschlich war. Dieses blinde Verlangen staatlichen Schutzes für eine nicht existente Bedrohung. Die Bereitschaft auf Verrat und Lügen von jedem.

Es ist eine an Zynik grenzende Ironie des Schicksals, dass ich aufgehört habe, die Menschen als Menschen zu betrachten. Der Begriff Mensch enthält für mich ein Mindestmaß an Moral und sozialen Wertmaßstäben, der Minderheiten nicht schädigt. Dieses war damals wie ausgelöscht, in einer Intensität, die es zuvor niemals gegeben hatte.

Gebe es eine Steigerung für Hass und Verbitterung so hätte ich diese mit Sicherheit gefühlt. So richtig vergehen wird dieses Gefühl wohl nie. So intensiv es auch sein mag, so unterbewertet erscheint es mir immer noch. Gegenüber jedem, der in irgendeiner Form bei allem mitgewirkt hat.

Dies ist keine Anregung zur Diskussion oder ein Anlass für unaufgeforderte Redebeiträge, das ist meine Vergangenheit und sonst nichts, die von Nazis besudelt wurde. Mein unerschütterlicher Standpunkt.

Ich habe in dieser Zeit absolut nichts gelernt, außer selbst mitleidlos und kalt zu werden. Nichts außer meiner Ansicht zuzulassen. Aber man passt sich immer irgendwie an. Das waren die jahrelangen Vorgaben. Eine Lektion, auf die ich gerne verzichtet hätte.

Etwas unterscheidet die Nazis von mir in diesem Aspekt. Ich bin damit nicht glücklich und es bereitet mir keineswegs Freude.

1945

Der unwiderrufliche Niedergang des Dritten Reiches war 1944 bereits absehbar. Der totale Krieg endete in diesem Jahr in einer totalen Niederlage. Allen ging es nur noch um das eigene Überleben. Die Alliierten überrannten Deutschland von Osten und von Westen. Die Deutsche Wehrmacht kapitulierte am 8.5.1945 bedingungslos.

Wie bereits gesagt. Im Leben gibt es kein Happy-End. Das Leben geht immer weiter. Und irgendwann kommt der Augenblick, in dem das Leben ohne uns weiter geht. In unserem blinden Bedürfnis nach einem besseren Leben, tun wir so, als ob wir unsterblich sind und als ob alles unendlich ist, obwohl wir es besser wissen, dass keines von beidem der Fall ist. Erst wenn wir den Verlust von etwas gespürt haben, erst dann schätzen wir das Verlorene wirklich.

Ich konnte meinem Vater niemals wirklich vergeben und musste ihm dies niemals sagen. Er bat mich um Versöhnung. Ich konnte nicht anders, als ihm seine Bitte abzuschlagen. Es erschien mir unmöglich, dass dies jemals gelingen könnte. Für mich konnte so etwas nicht mehr geschehen.

Doch gewissermaßen gab es eine Versöhnung für mich. Eine persönliche, vielleicht weil ich die Kraft, von der ich glaubte, sie niemals mehr finden zu können, irgendwann nach vielen Jahren trotzdem gefunden habe. Ich habe meinem Vater letztlich doch vergeben.

Es war keine Vergebung wie in Hollywood-Filmen. Melodramatisch, an seinem Sterbebett, auf meinen Knien und mit Tränen in den Augen, um sein Eingeständnis zu akzeptieren. Nein, es war viel undramatischer, ich stellte irgendwann fest, dass ich keinen Groll mehr gegen ihn hegen konnte. Weil es einfach kein Happy-End gibt! Es gibt nur ein Weiterleben! Dies erging mir mit vielen Dingen so. Vertrauen, Liebe, alles, was mir nach all dem Erlebten unmöglich erschien, wurde irgendwann von selbst wahr.

Es stimmt, dass die Zeit alle Wunden heilt. Aber einige Wunden hinterlassen Narben, die auch noch nach Jahrzehnten schmerzen und niemals vollständig ausheilen. Aber es ist genau das, was uns zu Menschen macht und unsere Menschlichkeit bewahrt.

Die Zeit danach

Wer einmal einen Krieg erlebt hat und weiß, was es bedeutet, um sein Leben zu fürchten und buchstäblich um sein Leben zu kämpfen, trägt diesen Krieg immer mit sich. Wirklich reden konnte ich all die Zeit danach mit niemanden. Es hätte nichts geändert. Ich muss nur meine Augen schließen und es kommt mir vor wie gestern. Ich sehe alles: Magda, den Verlust meiner Familie und vieles mehr, zu viel. Ich höre alles: ihr Weinen, das sterbende Schreien von Freunden und vieles mehr, zu viel. Ich rieche alles, ihr Versteck, den Rauch der Geschütze und vieles mehr, zu viel. Ich schmecke immer noch mein eigenes Blut, zu oft. Ich fühle immer noch alles nur einen Wimpernschlag vom Jetzt entfernt.

Ich bin mittlerweile ein vollkommen anderer Mensch, aber dieser Teil wird immer derselbe bleiben. Ich fühle mich meiner Jahre beraubt. In dem Augenblick, in dem viele nur Blätter im Wind waren, habe ich versucht, ein Sturm zu sein. Ich kann nicht sagen, ob es mir gelungen ist. Wenn ein Mann einer Armee gegenübersteht, dann muss er seinen Mut und seine Kraft finden, so stark und stärker als eine Armee zu sein.

Ich habe einigen Menschen das Leben gerettet, aber all meine Mühen waren nicht genug, das Leben von Magda zu retten. Es schmerzt noch immer.

In der Zeit danach habe ich einfach nur neben mir gestanden. Versucht, Fuß zu fassen, zwischen Trümmern. Ich meine damit viel mehr zwischen den Trümmern meines Lebens. Es erschien mir sinnvoller, diese Ruine stehen zu lassen und ihre letzten bitteren Reste abzureißen, anstelle es zu meinem Lebenswerk zu erklären, diese Ruine mit all jenen Trümmern wieder aufzubauen. Ich wäre dann ein Gefangener meiner eigenen Vergangenheit. Meinem Instinkt und meiner inneren Stimme folgend, habe ich an einem anderen Ort ein neues, mein neues Leben errichtet. Ich habe lange gebraucht, aber es ist mir letztendlich gelungen. Ich habe wieder zu mir selbst gefunden. Jedem, dem das auch gelungen ist, kann ich nur an Herz legen, dies zu bewahren. Denn nur das ist es, was eine Person wirklich hat: Freiheit. Und es ist gleichgültig, was man tut, oder für was man steht, solange man anderen nicht das zufügt, was man selbst nicht erleiden möchte.

Ich hoffe, dass niemals mehr die Notwendigkeit für Helden besteht in der Zeit danach.

Epilog

Deutscher Widerstand unterschiedlichster Gruppen und Zielrichtungen bildeten sich bereits 1933 und bekämpften das Regime bis zum Ende des Krieges 1945.

Gerade die Zahl der stillen Widerstandskämpfer ist größer, als man glaubt. Die Stärke dieser Armee wird nur Gott kennen.

Deutsch sein bedeutet nicht Nazi zu sein, auch wenn ein paar Rechtsradikale das heute noch miteinander verbinden, ohne irgendetwas aus den Fehlern der Vergangenheit gelernt zu haben. Wenn diese Menschen sprechen, so sprechen sie nur für sich allein, und das ist zum Glück eine Minderheit.

Ich wage es, zu behaupten, dass das Herz derjenigen Deutschen, die damals ein "Gutes Herz" hatten, indem sie sich selbstlos auf die Seite der Verfolgten stellten, so "gut" ist, wie kaum ein anderes Herz, das jemals geschlagen hat.

Und wenn man als Deutscher auf etwas stolz sein kann, als Teil seines Landes, dann darauf als erstes ...